怪談実話競作集

怨呪

真白圭+渋川紀秀+葛西俊和
著

竹書房文庫

真白圭

渋川紀秀

葛西俊和

真白圭

KEI
MASHIRO

真白圭（ましろ・けい）

二年ほど前から怪談の執筆もやるようになりました。皆様は、どんな怪談がお好みですか？　僕は、〈ゾッ〉として、背筋が〈ゾワゾワー〉として、それでいて後に〈ほっとした気持ち〉がお腹に落ちる感覚が大好きで、この怪談の世界に傾注したようです。それが高じ、最近ではその〈ゾッ〉とする感覚を同好の方々と共有して、〈一緒に震えたく〉なったのです。それが果たして叶う願いなのかどうか、今後の活動をもって、皆様にお確かめ頂ければ幸甚に存じます。

般若《はんにゃ》の人

大木さんの父方の実家には以前、「般若の人」がいた。

それ自体は少し俯《うつむ》き加減に畳敷きを見下ろしている、ただのお飾りの能面だった。白磁《はくじ》のような白さと光沢を持った般若のお面で、焼き物なのか、それとも木彫りの面に塗料を塗ったものなのかは、幼かった大木さんには判別できなかったそうだ。

そもそも、能面というものに何の意味があるのかも知らなかった。

だが、彼はその般若面が特別なものであると、幼いながらに理解ができていたらしい。

と言うのも、彼はその般若面の下に〈真っ黒な大人の身体《からだ》〉があるのが、見えていたのだという。

「『般若の人』って呼び方は、暫《しばら》く経ってから僕が勝手に付けた名前なんです。当然生きている人間なんかじゃありません。壁に掛けられたお面を被《かぶ》ってるってことは、必然的に体が半分壁に埋まっていることですから。いや、むしろ壁から浮き出ていたんですかね、あれって」

当時、大木さんは母親のお産の都合で、長野にある父方の実家に預けられていた。ちょうど学校の夏休みと重なったため、帰省も兼ねて一ヶ月ほどをそこで過ごすことになったのだという。

実家の建屋は古い日本家屋で、無骨さと品格とを併せ持つ風采は町内の他の住宅に比べて古色際立っていた。後に祖父から、昔は武家屋敷だったと聞いた。

大木さんが「般若の人」を初めて見たのは、父親に連れられて実家を訪れたその日だった。

寝室にあてがわれた二階の和室に通されると、そいつが床の間にいた。

身じろぎ一つせず、ただ茫洋《ぼうよう》と突っ立っていたのだ。

当初、大木さんはそれが何なのか理解できず、〈部屋の隅に変な人が立っているな〉と素直に思ったらしい。〈親戚の人がふざけているのかな?〉とも考えた。

だが父親はおろか、部屋に案内してくれた祖母も、その壁際に張り付いた黒い人をまったく気に掛けることがなかった。

「例えると可笑《おか》しいんですけど、子供向けの特撮番組とかで敵役の戦闘員が出てくるじゃないですか。ちょうどあんな感じに全身の黒タイツを着て、顔だけお面を被っているみたいに見えたんです。だから、物凄く違和感を感じてましたね。だけど、自分以外の大人は、そいつのことをぜんぜん話題に触れようとしないんですよ。もっとも、もし実家に関係する人ならば、うちの父が挨拶ぐらいはするだろうとも思ったんですけど」

奇妙に感じた大木さんは、床の間に立っているそれに近づいてみたのだという。

よく目を凝らすと、そいつの表面には黒く細かい粒が無数に蠢《うごめ》いているように見えた。

もしかしたら、体全体が粒子で出来ていたのかもしれない。

「テレビの砂嵐を無音で眺めている時の、視覚だけが雑然とする感覚に似ていましたね」

そいつの背中は床の間の壁に張り付いていて、半ば溶け込んでいるように見えた。

大木さんは、その黒く人の形をしたものに子供なりの好奇心を抱いたが、直接手で触れてみようとは思わなかったそうだ。

なんとなく、甘味に群れる黒蟻《くろあり》の山に手を突っ込むみたいで、気味が悪かったからだ。

「で、その夜は父親と枕を並べて床に就いたんですけど、アイツが気になってろくに眠ることなんてできませんでしたね。横たわる自分の頭のすぐ先に、人だか何だかわからない奴が黙って突っ立っているんですよ。父親に気味が悪いって言っても、何のことかさっぱりわかっていない様子でした。結局、明け方に少しだけ寝て、暫くして父親に起こされました」

眠い目を擦りながら見上げると、床の間にまだ「般若の人」が立っているのが見えた。障子を透かした朝日に照らされてはいたが、昨晩と何も変わっていない姿だったという。

その日、大木さんは祖父母に頼み込み、寝室を別の部屋に換えて貰うことにした。仕事のある父親が自宅のマンションに戻ってしまうので、そうなるとあの「般若の人」がいる和室には、大木さんが一人で寝ることになる。それだけは避けたかったのだ。

だが、一階は祖父母の寝室とお茶の間、それに台所しかなかったので、二階の二部屋離れた六畳の空き部屋をあてがわれたそうだ。

「勿論《もちろん》、あの『般若の人』は怖かったですよ。近くで見ると得体が知れないし、遠目でも気味が悪かったですから。それにあいつ、和室を覗くといつも床の間にいるんです。何をするでもなく、ただじっとしていて……それでも、子供って割と慣れちゃうんですよ。それに、同じ二階でもあの和室にさえ入らなければ、『般若の人』を見ることはありませんでしたから」

活発な子供だった大木さんは、祖父母の実家の内外で遊びまわる日々を過ごすにつれ、「般若の人」のことが気にならなくなった。

近所にはちょうど大木さんと歳の近い子供が多く、遊び相手と場所には事欠かなかった。そうなると、今日は何をしよう、明日はどこへ行こうと遊ぶことに夢中になり、幾ら考えても理解できないものを、いつまでも頭の中に入れていられなくなったのだという。

友だちの中でも、斜向かいの家に住んでいた陽一君とは一緒に遊ぶことが多かった。二人して、近所や周りの田畑を探索して回ったのだそうだ。お互いの家を行き来するようにもなった。

しかし、そんな楽しい日々を過ごす中、大木さんには新たな悩みの種ができてしまう。

その悩みとは、陽一君の家で飼われていた茶毛の雑種犬「チョビ」だった。

名前の割に図体がでかく、放し飼いで飼われていたという。

昨今では考え難いが、当時その界隈では犬が放し飼いにされていても、うるさく言わない土地柄だったらしい。

そして「チョビ」は、なぜか大木さんだけを毛嫌いし、威嚇《いかく》をした。

大木さんはこの犬が怖かったのだ。

「うちはずっとマンション暮らしで、近所に動物を飼っている家が無かったんですよ。だから生き物に慣れていなかったってこともありますかね。子供の頃から、どうしても犬、特に大型の犬が苦手でした。だから怖がってないそぶりをしても、自然と態度に表れたんだと思います。犬の方でもわかるみたいなんですよ。『こいつは、俺のことを嫌がっているな』って。だから、大抵追っ掛け回されるんですよ、あの手の意地悪な犬には」

飼い主の陽一君が一緒にいる時には「チョビ」は大人しくして、唸《うな》り声一つ上げない。

だが、大木さんが一人でいる所を見かけたりすると、決まって執拗に吠え立てた。

そんな時、大木さんは逃げだすことしかできなかったのだという。

そういった訳で、大木さんにとっては遠目に気味の悪い「般若の人」よりも、間近に吠えながら追いかけてくる「チョビ」の方が、遥かに厄介な存在だったらしい。

それほど、大木さんは「チョビ」に目の敵にされていたのである。

だからと言って、飼い主である陽一君に「チョビ」を鎖で繋いでくれないかと頼むこともできなかったそうだ。仲の良い子に弱い所を見せたくない、子供っぽい見栄を張っていたのだと大木さんは言う。

そんなある日、大木さんは頼まれたお使いの帰りに「チョビ」に酷《ひど》く追い回された。普段「チョビ」に追い掛けられても、ある程度犬小屋から離れてしまえば、そこで追跡は終わっていたのだという。

だがしかし、その日は様子が少し違っていたそうだ。

大木さんは「チョビ」に近所を散々に追い掛けられ、鼻先で小突かれ、吠えたてられたのだという。もしかしたら、「チョビ」に機嫌の悪いことでもあったのかもしれないが、大木さんにとっては堪《たま》ったものではなかった。

あまりに夢中で逃げ回ったものだから、腕を振り回した拍子に、持っていたスーパーのビニール袋を後ろに放り投げてしまったのだそうだ。

〈しまった〉と思った時には既に遅く、地面に落ちたビニール袋は「チョビ」に噛みつかれ、あっと言う間にくしゃくしゃにされてしまった。

祖母から頼まれた食品と、お駄賃で買ったお菓子が虚《むな》しく辺りに散らばる。

好き放題にビニール袋を弄《もてあそ》んでいる「チョビ」が、まるで大木さんを小馬鹿にしているように感じられた。それでも、大木さんは怖くて何もできない。

仕方なく大木さんは、「チョビ」がビニール袋に気を取られている隙に、実家へと逃げ込んだのだそうだ。すると、それに気づいた「チョビ」は、更に玄関にまで追いかけてきて、階段を駆け上がる大木さんの背に向かって、激しく吠え立てたのだという。

暫《しば》くその吠え声は続いていたが、祖母が台所から出てくる気配が伝わると、途端に「チョビ」は鳴くのを止めた。どうやら大人が近づいてきたので、玄関から道路へ逃げ出したらしい。本当に、どこまでも小ずるい犬だと思う。

「一旦、二階に逃げのびて落ち着くと、心底悔しくなってきましてね。そりゃあ、大人になった今なら、犬が相手の他愛ない出来事だったと思えますけどね。でもあの時は、せっかく遠くのスーパーまで行って買ってきたものを駄目にされて、なんだか自分の努力や大切な思いを全部否定されたような気持ちになったんですよ。やっぱり子供だったんですね。一度、やりきれない思いが湧いてしまうと、その感情をどうやって処理したらよいかわからなくなったんです」

とにかくあの犬を、「チョビ」を何とかしてやりたかった。

でも、どうしたらよいのか、わからない。

子供の自分が、直接「チョビ」に思い知らせる手段など無かった。

だが、激しい怒りの衝動だけは押さえ込み難く、暗く胸の中で渦巻いていた。

するとその時、ふと、ある考えが胸に浮かんだのだという。

「今では、何であんなことを考えてしまったのかと、後悔しています。でも、あの時はそれしかないと思ったんです」

幼い彼にも出来得る、仕返しの方法が一つだけあった。

大木さんの気持ちの中では、「チョビ」と「般若の人」は同じ、「嫌なもの」だった。

両方とも忌避《きひ》したい、憎くて怖い存在なのである。

だったら、そいつらを互いに戦わせればいい。

そうすれば、どちらかがいなくなるかもしれない。

「そう考えた瞬間、あの和室に飛び込んでいました。そのまま床の間まで走って、両手を合わせて『般若の人』にお願いをしたんです……あの犬をやっつけて下さいって」

願った瞬間、〈ドンッ〉という大気を揺さぶる衝撃音が響き、続いて擦りあげるブレーキ音が聞こえた。

驚いた大木さんが瞼《まぶた》を開くと、目の前の「般若の人」の身体が僅《わず》かに膨《ふく》らんで見えた。

まるで呼吸しているようだった。

次に階下が騒がしくなった。その喧騒は、外へと広がっていく。

途端に不安と後悔が激しく胸に湧き上がり、大木さんも急いで階段を下ったのだという。

脳裏から、「般若面」が放っていた冷たい眼差しが離れない。

嫌な予感がした。

外に飛び出ると、大人たちが数人、道路を見詰めながら口元を押さえていた。

気が付いた祖母が大木さんの視線を遮《さえぎ》ろうとしたが、それは間に合わなかった。

道路に、大木さんの見慣れない塊《かたまり》があちこちに転がっていた。

茶色い毛玉と赤黒い大きな雫《しずく》が、十数メートルの長さで千切《ちぎ》れ、広がっている。

まるで、鍋一杯の細切り肉を毛羽の長い金束子《かねたわし》で散々掻き混ぜて、途中で束子ごと道路にぶちまけたような有様であった。

――その細切れは「チョビ」だった。

「大人たちは皆、どこかの子供が車に轢《ひ》かれたのかと思って外に飛び出したんだそうです。

あの頃、実家から少し離れた場所で土木工事をやっていて、ダンプが時々住宅地を乱暴に走り抜けたんですね。工事現場への近道だったらしいですけど、近所ではいつか子供が轢かれるんじゃないかって危《あや》ぶむ声が上がっていたのだと、後になって聞きました」

見ると、道路の斜向かいで陽一君が叫び声を上げて泣いていた。

どうしようもなく、悲壮な泣き声だった。


「子供の僕にも、あれが偶然の出来事だなんて都合良くは考えられませんでした。でも、祖父母には自分が『チョビ』を殺したとも言えませんでした。言ってもどうせ理解されないと思ってましたから。自分以外には『般若の人』が見えていない訳だし、どんなに説明しても結局は無駄だと諦めていたんです」

「チョビ」の事故があってから数日が過ぎた。

流石《さすが》に大木さんはその間、外へ遊びに出る気がしなかったそうだ。

取り返しのつかないことをしてしまったという後悔と、得体の知れない「般若の人」への気味の悪さを感じながら、悶々とした日々を自室で過ごしていた。

「般若の人」がいる和室には近づかなかったという。

ある日の昼下がり、飲み物が欲しくなったので階下の台所に向かった時のことだ。

階段を下る途中で、誰かに強く背中を押された。

バランスを失い、寄る辺《べ》もなく階段を転がり落ちた。が、身体の軽さが幸いしたのか、大きな怪我はしなかったそうだ。

咄嗟《とっさ》に階段を見上げたが、そこには誰もいなかった。

同じことが、その後に二度起こった。

二度目の時には、一瞬身体が宙に浮く程、勢いよく押されたのだという。

その感触の中に、確然たる殺意と、激しい苛立ちが込められているのを感じた。

だが、それでも背中を押した者の姿は見えない。

誰にやられているのかは、容易に想像ができた。

いずれも祖父母が不在で、大木さんが一人で留守番をしていた時の出来事だった。

「それでとうとう我慢が出来なくなって、祖父母に全部打ち明けたんです。このままでは『般若の人』に殺されてしまう。だから何とかして欲しいって。……思った通り、最初は二人とも信じられないって表情を浮かべていました。でも、それまで隠して見せないようにしていた打ち身の跡と、背中に二つある手のひらの形の痣《あざ》を見せたら顔色が変わりました」

祖父が低く唸《うな》って考え込んだ末、「わかった」とだけ言って立ち上がり、索然《さくぜん》と部屋から出て行った。そして、暫くして戻ってくると、「治まるだに、もう大丈夫だ」とだけ大木さんに告げたのだという。

大木さんはその言葉を俄《にわ》かには信じられなかったそうだが、後で恐る恐る和室を覗いてみると、床の間から「般若の人」がいなくなっていた。

正確には、黒い身体の部分が無くなって、ただの「般若の能面」になっていた。

その代わりに、祖父が設《しつら》えたのだろう、般若面の両脇に別の能面が二つ、般若面を挟んで飾られていた。翁《おきな》と女面の能面だったという。

「結局、なんでそんなことをしたのか祖父は教えてくれませんでした。もしかしたら、祖父は何らかの事情を知っていたのかもしれません。……数年前に祖父は亡くなってしまい、今ではそれを知る手掛りもありませんけど。でも、おかげであれから背中を押されたりすることは二度となかったですし、あの『般若の人』も見ていません」

ただ最近、この一連の出来事を思い出すにつれて、大木さんはふと不安に駆られることがあるのだそうだ。

「チョビ」をやっつけてくれと「般若の人」にお願いしたあの時、引き換えに何かの交換条件を自分から申し出てしまったような気がするのだ。それがどんな条件だったのか、何を貢物《こうもつ》として奉げようとしたのか、今では思い出すことができないのだという。

「子供って本質的に馬鹿じゃないですか。一時の願望を叶えるためなら、後先なんてまるで考えやしないでしょう?……だからもしかしたら、あの時に僕が引き換えに差し出そうとしたものって、あの『般若の人』が欲しくても手に入らないものだったんじゃないのか、それでアイツは自分から手に入れようとしたんじゃないのかって、時々えらく不安になるんです。でも、結局僕はまだ渡してないんですよ……たぶん、僕の身体か、命を」

大木さんの実家はその数年後に取り壊され、祖父母は別の町のマンションに移り住んだのだという。

だが、その時も「般若の能面」がどうなったのか、祖父は教えてくれなかった。

「今では、アイツが両脇を他の能面に挟まれたままで、何処《どこ》かで治まってくれていることを願うばかりです」と呟くように言う大木さんは、声もなく笑った。

ベトナム池

仲間内での酒の席で故郷の自慢話に花が咲いた折、こんな話を聞いた。

笹塚は都内で化学メーカーの営業職に就いている。

三十路をとうに越えた今でこそ、為《な》すがままに体重の増加を許したずんぐりむっくりな体型をしているが、小さい頃は痩身のわんぱく坊主だったという。

そんな幼き日の彼が、当時一番熱中していたのが魚釣りだった。

「ガキの頃は、近所に釣り場が沢山あってさ。昼も夜も見境いなく、空いてる時間があれば出掛けたもんだよ。それこそ、海でも山でも、選び放題でね。で、その幾つかある釣り場のひとつにベトナム池ってのがあったんだ」

就職で上京するまで、彼は日本海に面する片田舎のN市に住んでいた。

そこは凪いだ日でも潮の香が漂う海岸沿いの地域だが、少し内陸に入れば広大な農地や自然豊かな山林があり、遊び場には事欠かない恵まれた環境だったという。

とりわけ笹塚は、ベトナム池と呼ばれる貯水池に足繁く通っていたのだそうだ。

「何であの溜め池にベトナムなんて名前が付いていたかは知らないんだ。たぶん溜め池の周りに葦《あし》が群生して湿地帯みたいになっていたもんだから、そんな風に連想した奴がいたんじゃないかな。通称だとは思うけど、他の呼び名を聞いたこともなかったよ。それで、とにかくそこは良く釣れたんだ。特に狙い目は明け方、腹を空かせた魚が寝ぼけて餌に食らいつくのを引っ掛けるんだ。いわゆる朝まづめって奴でな、釣れる時は嘘みたいに魚が掛かるんだぜ。……まぁ、とは言っても子供の仕掛けだから、精々《せいぜい》釣れても野鯉《やごい》が関の山だったけど」

毎回深夜二、三時頃に家を抜け出し、途中で友だちと落ち合ってから釣り場に向かう。

流石《さすが》に平日は行かなかったが、休みの前日は、ほぼ毎夜出かけていたそうだ。

しかし、彼が通う学校は子供たちだけでの魚釣りを厳しく禁止していたという。

教師たちが魚釣り自体を危険だと見做《みな》していたこともあるが、それとは別にその地域特有の理由があったのだと笹塚は言う。

当時、彼の育ったN市では行方不明の事件が多発していたのだ。

「要は例のあの国だよ。今では拉致事件として認定されているから言い切れるけどさ、あの頃は某国の拉致云々《らちうんぬん》ってことを国自体が認めてなかったんだ。だから、学校なんかも巷《ちまた》の噂話を根拠に、生徒たちの立ち入り禁止の場所を決めていたんだと思う。もっとも、地元では行方不明と隣国を結びつける噂も多かったんだけどな」

中でもベトナム池の周辺では行方不明の噂話が多かった。

特に、日本海の沿岸や其処《そこ》へ繋がる河川の近くは危ないのだという。

背の高い葦藪に囲われ見通しが悪く、真横に川が走るベトナム池は、噂の真相は別にして行方知れずを危ぶむ声が有ったのかもしれない。

だが、そうは言っても笹塚を含め多くの生徒たちは、大人たちが抱いていた危惧をあまり真面目には受け取っていなかったらしい。

「丁度、子供の間で魚釣りがブームになっていた時代だったから、俺も含めて殆どの奴は、教師の言うことなんかどこ吹く風といった調子だったよ。もっとも、今頃の子供みたいに家の中で遊べる娯楽が溢れている訳じゃないから、他にやることがなかったとも言えるけどね」

夏休みが始まったばかりのとある夜、笹塚は友だちの坂本君と一緒にベトナム池に向かったのだという。

それまで長雨に降り込められていたこともあり、久々の魚釣りだった。

深夜二時を過ぎた真夏の熱帯夜、自転車でたどり着いたベトナム池の周辺は鬱蒼《うっそう》とした葦藪《くさむら》に呑み込まれて、深い闇に沈んでいた。

坂本君が持ってきてくれていた懐中電灯を頼りに葦藪に入り込む。

懐中電灯は単一電池を砲弾の様にガンガン詰め込むデカい奴で、その強烈な白光に照らされた葉叢からは、湯気立つように羽根の薄い虫が飛び揺らいでいるのが見えた。

その中を真直ぐ進むと川沿いの土手に突き当たり、そこから藪を迂回して土手を伝うと、豊富な水を湛《たた》えた池の水面が見えてくる。

「聞いた話だと、ベトナム池ってのは元々川の一部だったらしいんだ。川が蛇行して入り江になっていた沼地の部分を、随分昔に土の堤防で切り離して田んぼにまわす貯水池にしたんだ。だから土手には途中に切込みがあって、そこが川と繋がった取水口になっていたんだよ。川の水をベトナム池に溜めてたんだな」

笹塚たちはベトナム池の岸辺にある、小さな桟橋を自分たちの釣り場にしていた。

それは、池の中央に向かって三メートルほど迫《せ》り出した古い木組みの桟橋だったが、船着場として使われなくなってから長い年月が経っているようだった。

腐り落ちたのか桟橋の踏み板となる床版《しょうばん》が殆どなくなっており、かつては床版を組み支えていた二本の橋桁《はしげた》だけが橋脚《きょうきゃく》の木杭の上に取り残されていた。一見すると、池の縁から二本、電車のレールが池の水面に沿って伸びているような外観だった。

それでも残された橋桁の木板はだいぶ丈夫に作ってあったようで、そこを訪れる子供たちにとっては、その幅三十センチほどの板が十分な足場になっていた。

一方で、昼間にもそこを訪れる笹塚は、存外その桟橋下の水底が深いことを知っていた。ベトナム池に流れ込む川の水流が深く穿《うが》ったのか、底の見えない淵のようになっている。

「そんで俺らは、その橋桁の板切れの一番先頭にまで行ってさ、糸を垂らしたんだよ。そうすると、岸辺よりもいいスポットが狙えるからな……ただ、月明かりしかない真夜中に溜め池の上に立っている訳だろ。流石《さすが》に心細くなってってね」

足場が狭いので、自分の周囲を見回しても黒々とした池の水面しか目に入らない。

まるで、地面に空いた巨大な穴の闇溜りの上にいるようで、居心地は悪かった。

まだ時間が早すぎるのか、浮きが漂う振動を釣竿に感じることはあっても、魚のあたりには程遠く、ふやけた練り餌を何度か交換したものの魚に食われた形跡がなかった。

隣の橋桁の上では、坂本君が器用に胡座《あぐら》をかいていた。

向こうも釣れる気配がないのか、退屈している様子だった。

深夜三時は回っていただろうか、辺りの闇はまだ濃いものの夜空が僅《わず》かに青味掛かっていた。笹塚はなるべく遠い場所に仕掛けが届くように釣り糸を放ってみた。

微かな音を立てて浮きが落ちる。

すると、浮きが着水した辺りの黒い水面が、ぬらりとうねった……ような気がした。

今はもう見えない。

〈野鯉でも顔を出したのかな？〉

試しに、釣竿を立てて釣糸を引いてみた。

すると予想に反し、〈ぐんっ〉と力強い手ごたえが返ってきた。

思わず立ち上がり、「掛かった‼」と叫んだ。

が、それと同時に足首に冷たい感触を感じた。

「えっ？」

咄嗟《とっさ》に視線が足元に向く。誰かの白い手が、笹塚の左の足首をつかんでいた。

それは桟橋の下から伸びていて、しっかりと左足を握っている。

驚いて蹴飛ばし、思わず左足を宙に浮かした。だが、その弾みで姿勢を崩してしまう。

「うわっ‼」

束の間、片足をやじろべえのようにして堪えたが、急に釣竿の張りがなくなり、身体のバランスが大きく狂った。

〈まずい〉と思った瞬間、捻って丸めた背中が強く池の水面にあたる衝撃を感じた。かき混ざる水の振動が、耳にくぐもって聞こえる。

「それでも、池に落ちた瞬間は割と冷静だったんだ。あの頃はえらく泳ぎが達者だったたし、飛込みも得意だったからね。だから、何で水に落ちたかって考えるよりも、いつも通りに泳いで、岸に上がろうって考えたんだ。いくら池が深くっても、岸までは三メートルくらいの距離だったからね……だけど、思ったようにはいかなかった」

落ちる間際に大きく息を吸い込んでいたので気持ちは落ち着いていたが、池の中に深く潜り込んでしまったのか、どの方向が水面なのか見当がつかなかった。

指先が滑る生暖かな水をかいてみたが、虫除けに着込んでいた長袖のシャツが身体に張り付いて思うように動けない。目は明けていたが、水中は光のない完全な暗闇だった。

身体に感じる浮力を手掛かりに、水面だと思う方向に向かって思いきり水をかいた。

だが、前に進んだ手応えがなかった。

むしろ、進もうとする方向とは真逆に引っ張られていた。

ぐっ、と強く足を引っ張られ、上着のシャツが胸の辺りまで捲れた。

訳もわからず自分の左足に目をやった。

さっき水上で見た細い腕が、いまだに笹塚の足首を掴んだまま、闇の彼方から真っ直ぐに伸びていた。真っ暗な水の中で、何故だかその腕だけは白く光って見えた。

笹塚は、自分がいま何をされているのか、その瞬間に初めて理解した。

〈何かがいる！……こいつ、俺を溺れさせるつもりだ！〉

思わず溜めた息が漏れて生臭い水が入り込み、じんと鼻梁を痺れさせた。

パニックになりがむしゃらに手足を動かしたが、益々《ますます》引きずられた。

不意に、足を引っ張っている奴が、自分をどこへ連れて行こうとしているのか直感した。

〈川だっ！　きっと俺は川に連れて行かれるんだ〉

土手の切れ目からベトナム池と繋がる川は、日本海へと流れ込むS川の支流の一つで、水深が深く流れが早かった。

あの川に引き込まれたら、もう助からない。

〈だめだ、逃げられない！〉

いくら足掻《あが》いても、足首を引く力に逆らえず、真直ぐに泳ぐことさえできなかった。

恐ろしさと息苦しさに混乱しながら、笹塚は半ば観念した。

――が、その時、完全な暗闇だった水中に明かりが射すのが見えたのだという。

すべてが明るくなった訳ではないが、顔を向けた方向に強い光の筋が煌々《こうこう》と輝いていた。

それが、息の切れかかった笹塚の目に、救いの光明のように映った。

〈こっちが水面だっ！〉

突如《とつじょ》差し込まれた明かりに、笹塚は初めて自分が進むべき確かな方向を掴んだ。

それと同時に、〈助かりたい！　死にたくない！　こんな所で死んでたまるか！〉という、生き延びることへの強烈な希望が胸に湧き上がったのだという。

光を追って、力強く水をかいた。必死に息を溜めながら、何度も何度も手足を動かす。

〈とにかく、泳ぐことを止めてはいけない！〉

その一念で、思い切り足を蹴り出した。

すると思いがけず、身体が大きく前に進んだのだという。

光の筋に真っ直ぐ向けた顔に、強い水圧を感じる。

今まで左足を押さえ付けていた引力がなくなっていた。

思うままに、体がぐんぐんと前に進んだ。

そして遂に、笹塚は水上へ顔を突き出すことができたのだという。

「出てきたっ！　あそこだっ！」

坂本君の叫び声が聞こえた。照らされた懐中電灯の明りが眩しい。

すると、必死に呼吸をする笹塚の眼前に、網の付いた針金の輪が差し出された。

土手の上で知らないお爺さんが「これに掴まれっ！」と、タモを伸ばしてくれていた。

お爺さんに引き上げられながら見ると、自分が桟橋から離れて、川へと繋がる取水口にだいぶ近付いていることがわかった。

土手に這い上がると、池の水の生臭さが咽喉の奥にこみ上げて何度も嘔吐した。

思っていたよりも、大量に水を飲んでいたのだと知った。

助けてくれたお爺さんが、脇に座って背中を擦ってくれている。

「大丈夫だ。できるだけ吐いちまった方がいい。こんな処《ところ》の水なんか飲んだら、腹壊すぞ」

その背後で、坂本君が心配そうな表情を浮かべていた。

彼が手に持っているデカい懐中電灯が、水中で照らしてくれたのだと思った。

聞くと、笹塚を引き上げてくれたお爺さんは池の反対側の葦藪に入り、夜釣りをしていたらしい。だが、土手の方で何かが水に落ちる音と、子供の叫び声が聞こえたので急いで駆け付けてくれたそうだ。そして、いくら待っても笹塚が浮いてこないので狼狽《うろた》えていた坂本君に、とにかく池の中をライトで照らせと指示したのだという。

吐く物がなくなり、やっと一息ついた笹塚がお爺さんの手拭いで身体を拭っていると、見る見るうちに周囲が明るくなっていく。

今まで漆黒に沈んでいたベトナム池も、朝日を映して黄金色に輝き始めていた。

葦藪の外れに立つ枝垂《しだ》れ柳から、無数の雀の群れが朝焼けの空へと飛び立っていく。

半ば呆けながら、そんな穏やかな朝の風景を眺めていた。

少しずつ、命が助かったという感慨が胸に染み込んでいく、そんな矢先のことだった。

〈ドプンッ〉

汚物の詰まった排水菅が底抜けしたような、湿った水音が辺りに響いたのだという。

驚いて音がした方向を見ると、ベトナム池と川が繋がる取水口で水面が大きく盛り上がり、そのまま川へと流れ込んでいく最中だった。

溜め池の表面に高い波紋が広がって、笹塚が落とした釣竿を拾おうと苦心していた坂本君が驚きの声を上げる。

「気をつけろ‼　ここ、何かい……」

笹塚は注意の声を上げかけたが、突然、背後から肩を強く掴まれて言葉を失ってしまった。振り向くと、お爺さんが笑顔を浮かべていた。

「……あれは何でもない。川波さね。ここの池は、時々この時分になると川波が入り込むんさ。だから、ここには魚が集まって来んだよ」

笹塚を安心させる優しい声音だったが、目が笑っていなかった。

そう言われて、笹塚は何も言い返すことができなくなってしまったのだという。

暫くして帰り支度を整えると、笹塚たちは釣りを切り上げて帰宅をした。

帰り際、助けてくれたお爺さんが笹塚にだけ聞こえるように「お前さんはもう、ここにはこない方がいい。目ぇ付けられっと危ねぇからな。それと……ここには、ヌシがいるんだ。大物だ。だから、あまり人には話すな。……アレは人には釣れない」と呟いた。

早朝帰宅した笹塚は、両親に散々怒られたという。

ドブのような臭いをさせたまま、家に入り込んだのが良くなかった。

それに、左足片方の靴もなくしてしまっていて、溜め池にはまり込んだことを誤魔化《ごまか》せなくなってしまったのだ。それでも、笹塚は趣味である魚釣りを止めようとはしなかったそうだが、ベトナム池にだけは二度と近付かなかったという。

「まあ、流石にあそこで釣りをする気にはならなかったよ。……あんなものを見ちまった後じゃあな」

池から引き上げられ、土手の切れ目となる取水口に大きな波が立ったあの時だ。

笹塚は、お爺さんに遮られて口にこそ出せなかったが、盛り上がる水流の中に朝日に煌《きらめ》く巨大な魚鱗の背を見たのだという。

大型の雷魚を思わせるが、体長が異常に長く、むしろ大蛇という方が近い。

そして、その表面には黒々とした細長い糸の束が幾重にもたなびいていたという。

まるで、艶光する女の長い黒髪が、その魚体を覆っているかのようだった。

水面が静まり、波の中にいたものが完全に見えなくなった時、「あいつは帰ったんだ」と、何故だかそんな風に思えたのだそうだ。

以来、笹塚自身はベトナム池に関わりを持っていない。

ただ、夏休みが終わって晩秋に差し掛かった頃、ベトナム池でまた行方不明者が出たという噂話を学校で聞いた。

何でも、夜中に出かけた釣り人がいまだに戻らないのだという。

その行方不明者はベトナム池での魚釣りの常連で、お年寄りだったらしい。

もっともそれを聞いた所で、笹塚はその人が自分を助けてくれたお爺さんでなければよいと、ただただ祈ることしかできなかった。

噂が本当かどうか、確かめる術がなかったのである。

「こんなこと言うと語弊があるかも知れないんだけどさ……俺は世間で言われている拉致被害者って人たちの中には、そうじゃない人もいるんじゃないかってさ、考えてるんだ。まぁ、あくまで俺の見解だけどさ……少なくとも、あのベトナム池で消息が知れなくなった人たちは違うんじゃないかと、俺は今でも確信しているよ」

笹塚が中学に上がる頃、ベトナム池は半分が埋め立てられ、それから数年後に残りも潰されて平地になったのだという。

それ以降、その周辺で行方知れずの噂を聞いたことはない。

綿菓子

都内で飲食業に就いている田口君から、彼が小学生だった頃の話を聞かせて貰った。

彼の父方の実家は長野の片田舎にある。

古くから続いている家で、お盆の時期には親戚一同が集まり、祖父母が山間に持っている畑を手伝う慣わしになっていたそうだ。

そしてそこでは毎年、畑仕事のついでにイナゴ狩りを行ったのだという。

「イチゴ（苺）じゃなくて、イナゴ（蝗）です。ほら、バッタみたいな昆虫の。あれって、農家にとっては作物を食い荒らす害虫なんですよ。だから、捕まえることが農作業の一環にもなっていたんです。それに実家の方じゃ、イナゴは普通に佃煮にして食べられてましたから、一石二鳥なんですよ。ただですね、イナゴ狩りって、お盆に入っちゃうとやらないんです。幾ら昆虫だとは言っても、お盆に殺生はできないですから」

捕まえたイナゴは一晩糞抜きして水に漬け、それらをカリカリに炒《い》った後で甘露煮《かんろに》にするのだそうだ。当然、佃煮の一品料理として食卓にも上がるが、ポリポリとした食感が楽しく、おやつとしても重宝されるのだという。

田口君は、このイナゴ狩りが得意だった。

八月の青々と繁茂《はんも》した雑草の枝葉に、緑茎のささくれを擬態して留まったイナゴを素早く素手で捕まえるのである。

大抵イナゴ狩りが終わると、虫籠《むしかご》代わりの酒瓶が捕まえたイナゴで一杯になったそうだ。


その年の夏も、親戚一同で山の畑にイナゴ狩りに出かけたのだという。

好天続きで、その日も朝から山間には晴れ渡った綺麗な空が覗いていたが、冷ややかな山林の空気が流れ込むせいで、それ程には暑さを感じなかったそうだ。

山の畑へと続く畦道は緑の色が濃く、途中で何匹もの蛇がのたくっているのを見かけた。

人間を恐れていないのか、近くを通っても逃げやしなかったらしい。

その中には、人が跨《また》いでもピクリとも動かない野太い青大将もいたそうだ。

「流石《さすが》に田舎の山道だけあって、すごい数の蛇が其処彼処《そこかしこ》で這いずっているんですよ。特に、田んぼの溜め池なんかは蛇の巣にでもなってたのか、うじゃうじゃと集まってましたね。まぁ、皆も毎年のことなんで、別に怖がりもしなかったですけど。親戚の子なんかは、小さめの蛇の尻尾を捕まえて、ぐるぐる振り回したりしてましたっけ」

そんな野趣に溢《あふ》れた畦道《あぜみち》を小一時間ほど歩くと、祖父母が育んだ畑が見えてくる。

前日までに大人たちが野菜の収穫を殆ど終わらせていたので、既に畑は閑散としていたが、その四辺には青々と雑草が茂っていた。

それも、お盆前には刈り込んでしまう予定だった。

到着して一息入れた親戚一同は、持参した一升瓶を道端に置き、イナゴ狩りの準備を始めた。暫くして伯父さんが「マムシには気をつけろ」とだけ注意をすると、それを合図に皆が草叢に足を踏み入れた。

「それが結構楽しいんですよ、イナゴ狩りって。実際、やってることは昆虫採集ですし、今の子供たちの遊びに喩えると、ポケモンとかカード集めなんかに近いんじゃないですかね。他の親戚の子たちと捕まえた数や大きさを競ったりしてました。たまに大物のイナゴを捕まえたりすると、すごく嬉しくって。それにあの年はイナゴが多かったみたいで、割と調子良く捕まえてたんですよ」

彼に言わせると、イナゴを見つけたら雑草ごと掴んでしまうのが、上手にイナゴを捕まえるコツなのだそうだ。

田口君は見つけたイナゴを片端から捕まえては、次々と一升瓶に詰めていった。

「それこそ、掴み放題って感じでした。あっと言う間に一升瓶が一杯になりましたね……で、そんな時でした」

流石に周囲にイナゴが見つからなくなり、場所を変えようかと思い始めた矢先だった。

ふと、草叢に生えた背の低いススキの穂に、イナゴが乗っていることに気がついた。

ススキの穂は、風に揺れて僅かに上下していた。

田口君は反射的に手を伸ばし、ススキの穂ごとイナゴを掴んだのだそうだ。

その瞬間、ふわふわとした灰色の塊《かたまり》が、田口君の右手に纏わりついた。

〈えっ、なにっ？〉

その灰色のふわふわした塊は、右腕を軸にくるくると巻き上がりながら、肩口に向かってよじ昇ってきたのだという。

それと同時に細い白糸の束が右腕に巻きついて、綿菓子のように白く膨れ上がっていく。

田口君は、右腕に鈍い圧迫痛を感じた。

やがて、灰色のふわふわは二の腕にまで巻き登って、ぴたりと動きを止めた。

呆気に取られて、田口君はそのふわふわとした塊を見詰めた。

視線の先で、それと眼が合った――

そいつには、眼窩《がんか》が酷《ひど》く落ち窪《くぼ》んでぎょろりとした大きな目玉がついていた。

それは皮膚がカラカラに干乾びて灰色に変色した、顎の無い老人の生首だった。

上歯だけを使い、そいつは器用に腕に噛りついている。

鼻も削がれ、干上がった顔面の所々から皮膚が剥がれ落ちているようだ。

それでも、その生首の目玉だけは黒々としていて、恨みがましい目つきで田口君の顔を睨めつけていた。田口君は唖然としつつも、自分の右腕にとぐろを巻いた細い白糸が、そいつの長い白髪なのだと気がついた。

巻きついた白髪が、田口君の右腕を〈キュッ〉と締めつけた。

――田口君には、そこから先の記憶が無い。

ただその時に、自分が思いきり絶叫したことだけは、辛うじて思い出せるのだそうだ。

「それで、次に意識がハッキリした時には、作業小屋の日陰でレジャーシートの上に寝かされていました。何でも僕が突然暴れだしたんで、大人たちが押さえつけて、無理矢理に寝かしつけたらしいんです」

田口君は自分が見たものを母親に説明したが、まったく理解して貰えなかったという。信じて貰おうにも、老人の生首や毛髪はその痕跡すら残さずに消え失せていて、証明する手段が何もなくなっていたのである。ただ、白い毛髪に巻かれていた右腕はいまだ痺れたままで、一時間は自由に動かすことができなかった。

「後で考えたら、あの時僕が見た顎の無い生首って、額から後頭部まで剃り上げたみたいに、きれいに髪の毛が無かったんですよ。生えてたのは、両脇と後頭部の髪の毛だけで……でも、それって月代《さかやき》ですよね。ほら、時代劇でちょん髷《まげ》を結うのに、頭を剃るじゃないですか。あの禿げた部分と一緒なんです。だからあれって、昔のお侍とか、落ち武者の類だったんじゃないかって思ってます」

その後、痺れが取れてしまうと、右腕は普通に動かすことができた。

幸い、田口君の家族や親戚に、忌《い》まわしい出来事が起こったりもしなかったという。

ただ一つだけ、少し不思議な出来事があった。

その日を境に、田口君が畦道を歩くと、道端に寝そべる蛇たちがしゅるしゅると音を立てて、一斉に逃げていくようになったそうだ。

あれほど図太く居座り続けた青大将でさえ、そそくさと道をあけ渡した。

試みに、一度だけ田んぼの溜め池に近づいてみたが、まるで大鍋で煮た蕎麦が噴きこぼれるように、無数の蛇が水面に沸きあがって草叢へと散っていったのだという。

それは、その年のお盆が明けるまで続いたらしい。

「あれって、一体何なんでしょうね。今になっても全く意味がわからないんですよ。ただ、よく考えてみると、あの時の僕って野生の蛇たちが一目散に逃げ出すような存在になっていた訳ですよね。……それって、ものすごく危ないことだったんじゃないかって思って」

そう言うと、田口君は顔を顰《しか》めながら自分の右腕をしきりに擦っていた。

それ以来、彼はイナゴの佃煮を口にしていない。

カラオケ

高二の姪っ子から聞いた話だ。

学校が半ドンで上がったある日、姪っ子と女友だちの二人きりで、真昼間からカラオケに行ったそうだ。

二階建てではあるものの、こじんまりした店構えのカラオケ店だったという。

少し建屋が古いのか全体的に暗く、活気のない印象だったが、その分、他の店と比較して料金が割安だった。

この時間だと空いていて、待ち時間を気にしなくて済むのも良かった。

取り敢えず、ドリンク飲み放題のフリータイムコースに決め、ボックスに上がる。

たまに大勢の友だちと騒ぐこともあるが、しっかり歌い込める分、少人数でやるカラオケの方が彼女たちの好みだ。

流行《はや》りの曲、好みの曲を好き放題に入れて、気儘《きまま》に歌うのが楽しいのだという。

交互に三曲づつ歌い、友だちの順番になった時だった。

人気アイドルグループの最新曲が流れている最中、数フレーズ遅れてその曲と同じメロディーが聞こえているのに気がついた。

どうやら、いま友だちが歌っている曲と同じ曲を、隣の部屋のお客さんが歌っているらしい。だが、メロディーは同じであっても、聞こえてくるのは野太く間延びした男性の歌声だった。それも、歌っている曲は女性アイドルの曲なので、アップテンポな上に音程が高く、隣の男性はまったく歌えていなかった。

少し気持ち悪く感じたが〈曲がたまたま被《かぶ》っただけだよね〉と思い直した。

どうせアイドルオタクとかなんだろう。

それにしても随分と薄い壁だな、と感じた。

これじゃ、大勢の友だちと騒いだりしたら、両隣の部屋から苦情が来ちゃうよ、と思う。

友だちが歌い終えて、次に姪っ子が入力していた曲が流れ始めた。

今度は、R&B色の強いダンサブルなナンバーを入れていた。

ハスキーな女性シンガーの声音に似せようと、声を沈ませながら喉を震わせる。

すると、歌っている姪っ子の耳に、またも数小節遅れて同じ曲の伴奏が聞こえてきた。

やはり、隣の部屋からだった。へったくそな男のだみ声が、調子っぱずれにのたうちながら、それでもメロディーを追いかけている。選曲がソイツの音域に合っていないのは明らかだが、それよりも、何で自分たちと同じ歌を二曲も続けて入れてくるのかがわからない。

曲の途中だったが、何となく隣の客が気になって自分の歌に集中できなくなっていた。

そんなことが、友だちが歌う番になっても続いた。

〈やばい……気持ち悪いのが隣にいる〉

どう考えても、隣の男は自分たちが歌っている曲に合わせてカラオケをやっているとしか思えなかった。どんな人なのかはわからないけど、絶対普通じゃない。

きっと、変質者だ。

――今も、私たちの部屋に聞き耳を立てているに違いない。

この薄い壁板一枚隔てた直ぐ隣に、そんな気味の悪いのがいるんだと思うと急に不安になった。友だちはまだ気付いていないのだろう、気持ち良さげに歌っている。

状況を理解しているのが自分だけだということも、姪っ子の心細さをいや増した。

〈やだ、どうしよう……早く、友だちに教えてあげなきゃ……けど、隣の奴に気付かれたら怖いし〉と逡巡《しゅんじゅん》した。

するとと、歌い終わった途端に友だちが「あたし、トイレ行くね」と立ち上がってしまった。

「えっ？　ちょっ、ちょっと待って！　私も行くっ！」

これじゃ部屋に一人っきりになっちゃうじゃない、と姪っ子も慌てて席を立った。

友だちに遅れて、部屋の出口に向かう。曲の順番なんかに構っていられない。

兎《と》に角《かく》、置いてけ堀にはなりたくなかった。

『逃げんなよっ‼』

突如、自分たちがいる部屋のスピーカーから、ハウリング気味に男の低い声が響いたという。

一瞬、二人の足が止まる。

「きゃーーーーーーーー！」

二人はあらん限りに悲鳴を上げて部屋から逃げ出したそうだ。

脇目も振らず廊下を駆け抜け、一階の受付けに繋がっている階段を駆け下りる。

走りながらも、悲鳴は止まらなかった。

「あなたたち、どうしたのっ⁉」

何事が起こったのかと目をまん丸にした受付けのオバさんが、カウンター越しに問い質してきたのだという。

「気持ちの悪いのがっ……変な人がいるんですっ。隣の部屋の客！　何とかして下さいっ！」

姪っ子たちが必死に経緯を説明をする。怖過ぎて二人とも泣いていた。

できれば警察とか警備員を呼んで貰って、あの男を何とかして欲しかった。

「でも……あんたたち以外、まだお客さん来てないわよ」

オバさんが憮然《ぶぜん》として答えたという。

「後で聞いたら友だちも隣の部屋のこと、気付いてたって言うんですよ。それで、気持ち悪かったからトイレに行くふりして自分だけ外に逃げようとしたんだって。酷いですよね」

姪っ子は口を尖らせて、不満げな表情を浮かべる。

ただ、あれが何だったのかは、今でもよくわからないと言う。

「落ち着いて考えたら、同じカラオケの曲が聞こえてくるタイミングが早過ぎるんですよ。だって、私たちの曲がかかってから、その曲名で検索して機械に入力するんですよ……イントロクイズやってるみたい。……それに、別の部屋のスピーカーに怒鳴《どな》り声を入れるのって、何をどうやったらできるのかな？」

様子を見がてら彼女たちのカバン取りに戻った受付けのオバさんは、やはり上の階には誰もいないと言っていたそうだ。

そのことがあってから、彼女たちはなるべく客の入っていない店は避けるようにしている。ただし、カラオケ通いを控える気はまったくないのだという。

でも、怖くなったりはしないのですか？　と姪っ子に聞いてみたが、「あんなことがあった位じゃ、カラオケは止められません」と屈託のない笑顔で答えてくれた。

銀のハイヒール

麻美さんは二十歳になった年に、実家を離れ都内で一人暮らしを始めた。当時、都会で自分を試してみたいという密かな願望を抱いて、友人を頼りに上京したのだという。

「でも、友だちの家を渡り歩くのも限界になるのよね。初めのうちは『幾らでも泊まっていきなよ』なんて言ってくれてても、恋人が遊びに来たりすると急にそっけなくされたりね。それに、私の友だちって割と昼間はちゃんと働いている人が多かったし、そうすると自分だけが留守番している訳にもいかなくて……」

元々、きちんと自立できるだけの計画を立てていた訳でもなく、両親との折り合いが悪くなって、半ば逃げ出すように家を出ていたので、たちまち生活に困窮し始めた。

仕方なく麻美さんは知り合いのツテを頼って、都内の繁華街にあるショーパブに勤めることにしたのだという。

そこは幾つか姉妹店を持つ業界でも名の知れた店で、他と比べて待遇が良かった。

容姿が整い、華奢《きやしや》で可愛らしい麻美さんは、店のオーナーとママに気に入られて、面接もそこそこにその場で採用されることになったそうだ。丁度、長く勤めていた娘が他店に引き抜かれて辞めたこともあって、店側も都合が良かったらしい。

ただ、人前での踊りどころか酒席での接客すら経験の無かった麻美さんは、一ヶ月ほど接待の見習いに付いて、その合間に踊りを覚えることになった。

その店ではショータイムに舞台で踊るショーガールが、お客さんの隣に座りコンパニオンもする。歌と踊り、お酒、お喋りでお客さんをもてなすが、性的なサービスは一切ない。

当面の住居については、オーナーが店の近くにワンルームを探してくれるという。

「それを聞いて始めて安心できたってのが本心ね。最初は物凄く安い給料しか出なかったけど、それでもこれからは一人でやっていけるんだって、妙に感動したのを覚えてるわ。それに、今までは自己流でやってた化粧の仕方なんかも一から教えて貰ったりして、『これからは、一人前の女として自分を磨いていこう！』なんて、意気込んでたっけ」

初めは慣れない仕事に苦労したが、新人の麻美さんの評判は良かったという。

がむしゃらに接客を頑張る姿勢がお客さんの好感を呼び、また先輩のショーガールたちにも可愛がられたのだそうだ。

「だから、お仕事の滑り出しとしては、まあまあ良かったんじゃないかしら。暫くすると、この仕事が自分には合っているんじゃないかって思えるようになってたの。ただ、ひとつだけ気になることもあったわ……まあ、些細なことだったけど」

面接をした最初の日、彼女が店で使う源氏名を決めてしまおうという話になった。

麻美さんは「〇〇〇（麻美さんの強い希望で仮名ではなく伏字とする）って名前、どうですか？」と挙げてみた。深く考えた訳ではなく、その場で頭に浮かんだ名前を口にしただけだった。だが、途端にオーナーとママの顔色が変わったという。

「ダメよっ！ そんな名前、うちじゃ使えないわ！」

今まで物腰の柔らかだったママが急に声を荒げたのだという。眉間に皺が寄り、険しい顔つきになっていた。オーナーも先刻とは打って変って不機嫌そうな表情を浮かべていた。

「絶対にその名前は駄目よっ！……そうだわっ、あなたレイコになさいよ！ 今、この名前の娘も丁度いないし。ねっ、レイコちゃん、ぴったりな名前よ！ そうでしょ？」

麻美さんは否応もなく、ママの薦める源氏名を応諾してレイコと名乗ることになった。

オーナーもその名前が良いと頷いていたが、どこか白々しい。

「そんなことがあったものだから、やっぱり水商売の人たちって感情の起伏が激しいっていうか、少しでも気にくわないことがあると急に怒り出しちゃうんだって、不安になったのね。もしかしたら、極端に二面性のある人たちが集まる業界なんじゃないかって」

だがその後、麻美さんの不安とは裏腹に、温厚で面倒見のよいママの様子が変わることはなかった。特に新人の麻美さんには仕事でも私生活においても、困ることがないように常に気を掛けてくれていたそうだ。だから麻美さんも、面接の時は気付かない内に何か気に障るようなことを口走ったのだろうと、自分なりに納得したのだという。

麻美さんがショーパブに勤め始めてから半年ほどが過ぎた。

その間、麻美さんはショータイムの踊りも上達し、しっかりとした接客が出来るようになっていた。ショーガールの一員として店側から認められたのもその頃じゃないかな、と麻美さんは言う。

そんな頃、麻美さんは店内のある変化に気が付いた。他のショーガールたちが、どことなく余所余所《よそよそ》しくなっていたのだそうだ。特に、今まで可愛がってくれていた先輩たちの態度が変わっていた。麻美さんが話しかけても早々に会話を切り上げてしまうし、滅多に彼女たちから頼まれごとをされなくなった。

それどころか、お客さんとのテーブルに同席することさえ敬遠され始めたのだという。

「最初は、イジメでも始まったのかしらって思ったのね。やっぱり、こういう世界って人気商売って言うか、指名数の取り合いじゃない？　それまで、なるべく気を使って先輩たちを立ててきたつもりだったけど、それでも疎《うと》ましく思われ始めたんだなって」

だが、単純に妬みで嫌がらせを受けているのとも違う感覚があった。

麻美さんを見る先輩たちの目に、怯えの色が浮かんでいるような気がしたのである。

「それで結局、我慢が出来なくなってある先輩に直接聞いてみたのね。『最近、私のことを避けていませんか？　何か気に障ることでもあるんですか？』って」

思い切って問いかけた麻美さんに、戸惑うような表情を浮かべた先輩が、一つひとつ言葉を選ぶようにして答えたという。

「……あなた、『○○○』さんって、知ってるの？　……お客さんと、その人のことを話したりしたの？」

それは麻美さんのまったく予想していない返答だった。

質問の意図は測りかねたが、言われてみれば『○○○』という名前には覚えがあった。

もっとも、その名前を自分から口にしたことは、面接の日の一度だけ。

しかし、店のお客さんからは、何度かその名前で呼ばれたことがあった。

「時々、お客さんから『○○○』ちゃんって、呼ばれることがあったのよ。その度に『いやだ、レイコですよ～』なんて笑ってたんだけど、なんでそんな風に間違われるのか不思議に思ってたのよね。だって、全然違う名前でしょ。だから、別の店で私に顔が似てて、『○○○』って源氏名の人がいるのかなって思ってたんだけど……」

麻美さんはその先輩に、『○○○』が何者なのかを尋ねてみた。

しかし、先輩は「知らないならいいの。何でもないから」と、教えてはくれなかった。

「その時はそれ以上、追求はしなかったのね。でも、面接の時のママの変わり様も、先輩たちの態度の変化も、『○○○』って名前の人が原因なのかなって、何となくはわかったわ」

そのことがあってから先輩たちの態度が幾分和らぎはしたものの、初めの頃のような親密さが戻ることはなかった。それでも仕事には差し障りはなかったので、麻美さんは我慢して仕事を続けることにした。

数日経ったある日、麻美さんは出勤時間に遅れそうになり、通勤路を急いでいた。

店の開店は午後七時だが、その一時間前が定刻の出勤時間だった。

店内のルールでは、遅刻をすると定額の罰金を店側に支払う決まりになっていた。

特に遅刻が多かった麻美さんは、度々罰金を給料から天引きされていたのだという。

「勿論、そんな罰金なんて法令違反なのよ。でも、風俗店の慣例っていうか、割とどこの店でもやってることなのね。それに、自分だけルールに逆らう訳にもいかないから、渋々従ってたわ。だから、遅刻しそうになると、毎回全速力で走ったのね」

麻美さんの店は六階にあり、ビルにはエレベーターが一機だけ設置されていた。

だが遅刻しそうな時は、エレベーターを待つのがまどろっこしくなり、非常階段を使っていたのだという。その日も待ちきれず、階段を駆け上がった。

ただ、踵《かかと》の細いハイヒールを履いていたので、ベタ足のようには走れない。

中秋に差し掛かったこの時期、ビル側面にある非常階段には肌寒い秋風が吹き抜けていた。吹き溜まりにでもあたるのか、金属の踏み板に無数の枯れ葉が重なり落ちている。

〈カンカンカン……〉

階段を駆け上がる麻美さんの頭上に、固い靴底が踏み板を蹴る音が響いたという。

「あれっ？　誰か階段を使ってる……」

その時まで気がつかなかったが、数階先の階段を駆け上がっている女性がいた。蹴上がりの隙間から銀色のハイヒールが垣間見えるが、姿までは確認できない。

「でも、ハイヒールが銀色なのを見て、上の階のどこかで水商売の店に勤めている娘なんだなって思ったのね。大抵、銀色のハイヒールを履く娘って、お水系の女性なのよ。だって、ハイヒールが銀色だと、どんな色のドレスにも違和感なく合わせられるでしょ」

多分あの娘も、遅刻するのが嫌で走っているのだろうと考えた。

麻美さんは六階から廊下に入ったが、頭上の足音はまだ続いていた。

〈あんなに上の階まで走れるなんて、あの娘体力あるなぁ。よっぽど急いでるのかな〉

妙に感心しながら、麻美さんは仕事へと向かったのだそうだ。

その夜のこと、テーブルについた麻美さんは、初めてお客さんと揉め事を起してしまう。

発端はそのお客さんが酔って、しつこく麻美さんに絡んできたことだった。

客が酔って騒ぐことはよくあるのだが、いつもは頃合をみて店のボーイやママが止めに入ってくる。だが、その日に限って対応が遅れた。

それでしつこいお客さんに、麻美さんがつい怒鳴り声を上げてしまったのだ。

「でも、それまではあんなに大きな声を上げることなんてなかったのよ。だいたい、喧嘩なんてしたくもないし、日常生活でも揉めごとはできるだけ避けてきたんだから。……きっと、私もあの頃、精神的に少しおかしくなってたんじゃないかって、今になると思うのね」

その時は別の席のお客さんが割り入って、双方をなだめてくれたが、閉店後に店のオーナーとママに呼び出された。

ママは自分の対応が遅れたせいだと言って、しきりに庇《かば》ってくれていた。

だが店のルールだからと、オーナーが一方的に罰金を課すことを主張した。

麻美さんは気持ちを抑えながらオーナーに抗弁したが、最後には我慢ができなくなり、店を辞める、辞めさせないの言い合いにまでなった。

「今まで溜まりに溜まったものが爆発しちゃったのね。正直、店のルールには不満があったし、ショーガールの先輩たちが余所余所しいのも嫌になってたから、少し自暴自棄になってたの。それに、私も水商売に自信を持ち始めてた時期だったから、別のお店に移れば良いかって、気軽に考えてたところもあって」

慌てたママが、とにかく一旦頭を冷しなさいと麻美さんを無理やり帰宅させたものの、やり切れない気持ちを引きずることになった。

〈全部、私が悪いって言うの?〉

そう思う度に感情がささくれ立って、その夜は中々眠れなかったそうだ。

翌日、冴えない気分のまま出勤に向かった麻美さんは、エレベーターを使わず非常階段を登ったのだという。午後五時を少し回った頃合で、出勤時間には十分に間に合っていた。

もしかしたら、エレベーターで店の誰かと鉢合わせするのを無意識に避けたのかもしれない。店のママに何と言ったら良いのか、まだ考えが纏まっていなかった。

割り切れない感情はあるが、お世話になったママに義理を欠くことはできない。

そんなことを考えながら、階段を登っていた。

すると突然、階段を駆け上がる甲高い音が頭上に鳴り響いたのだという。

見上げると、見覚えのある銀色のハイヒールが踏み板の隙間に見え隠れしていた。

間違いなく、昨日の娘だと思ったが〈変だな〉と感じた。

昨日彼女が走っていた時刻から考えれば、出勤時間までに十分な余裕があるはずだった。

でも、なぜあの娘はあんなに急いでいるのだろう?

「その時、急にその娘に興味が湧いたのね。いったい、どこのお店に勤めている娘なのかしらって」

もっとも、その娘と話がしてみたい訳でもなく、ただ勤め先がどこの階にあるのかを確認できればそれでよかった。

麻美さんは頭上の足音を追って、小走りに階段を上がる。

六階を通り過ぎ、七階、八階と駆け上がる。

だが、いつまで経っても非常ドアを開閉する音は聞えない。

そのまま、九階の踊り場にたどりついた。

気がつくと、先ほどまで鳴り響いていた足音が聞こえなくなっている。

代わりに底冷えした秋風がビルの谷間に逆巻き、びゅうびゅうと風音を立てていた。

〈変ね。あの娘、どの階に入ったのかしら？〉

ぶ厚い金属の非常ドアを、女性が音を立てずに開閉できるとは思えなかった。

だがそうだとすると、他に残っている階はここより上の屋上だけである。

日が落ちるまでには、まだ時間があった。

〈まさか、屋上なんかにいないよねぇ〉と思ったが、ここまで来たんだから、ちょっと覗いてみようかしら、という気になった。

足元に気をつけながら、金属板を一歩一歩踏みしめて進んだ。

滅多に掃除もされないのだろう、雨水を吸った大量の落ち葉が踏み板にべったりと張り付いていて、下手に踏むと足を滑らせてしまいそうだった。

〈……なんだ、やっぱり誰もいないじゃない〉

麻美さんは非常階段の最上段まで登って、そう思った。

最上段の数歩先には片開きの扉があるが、南京錠が施錠されていて簡単に入れそうもない。広い屋上を一望しても人の姿はなく、別段隠れる場所も見当たらなかった。

「それで、やっぱり屋上でもないかって、納得したのね。別に興味本位で追いかけただけだし、また別の時に確認すればいいかと思って」

それじゃ、非常階段を降りようか——と思った、その時だった。

夕焼けに照らされたコンクリートの床に、強い違和感を覚えた。

楓やイチョウの落ち葉が堆積し、床一面が橙黄色に覆われたその上に、熟柿を踵で踏み潰したようなもの置かれていた。

赤黒いそれは、落ち葉の紅葉に紛れてはいたが、鮮明な血の色と、柔らかな肉の厚みを持っている。割れた陶器を思わせる白い突起が、大きく凹《へこ》んだ肉塊《にくかい》から、凄まじく捩《ねじ》くれた乱杭歯《らんくいば》のようにでたらめに突き出ていた。

それは、酷く押し潰されて、頭骨が皮膚を突き破った人間の顔面だった。

そのことに気が付いた瞬間、凹んだ顔の底にへばりついていたゼラチン状のぬめりが、ついと動いて麻美さんに向いた。

腐って白濁した、卵の白身のような色をしていた。

――破裂した眼球に見つめられているのだと、麻美さんは理解した。

息が詰まり、脳の奥がじんと痺れる。

『おまえもこうなる』

咽喉が涸《か》れ切った男の声が、耳の真後ろで聞こえた。

それと同時に、顔がぐちゃぐちゃに潰れた頭部が、扉の下の隙間からずるずると麻美さんの足元に這い寄り、階段の金属板の上で脇に反れてビルの谷間に滑り落ちていった。

『ぎゃぁっはははははははは……』

猛り狂った、けたたましい笑い声が、ビルの谷間の奈落へと吸い込まれていく。

その場にへたりこんだ麻美さんは、失禁したまま気を失った。

次に麻美さんが眼を覚ましたのは、店のソファーの上だった。

ママと店の娘たちが心配そうに覗き込んでいた。

「本当にごめんなさい。……私が間違ってたわ」

グズグズな鼻声で、ママがいきなり謝ってきたという。

事情の掴めない麻美さんを楽屋の片隅に誘い、ママがこれまでの経緯を説明してくれた。


その内容はこうだ――。

十数年も前、この店に『○○○』という源氏名のショーガールが雇われていたという。

麻美さんが、時々呼び間違われていたあの名前だ。

とてもお喋りが上手く、お客さんを湧かせるのに長《た》けた娘で、かなりの人気があったらしい。暫くすると業界で広く名が知られる様になり、一時期はテレビのバラエティー番組にも出演していたそうだ。

だが彼女は、多忙になったことが災いしたのか、次第に感情に激しい起伏を見せるようになったのだという。一種、躁鬱の状態にあったのかもしれないとママは言う。

例えば、仕事で接客をしている最中に突如激高して、大声でお客さんを罵《のの》り始めることが度々あったのだという。つい最前まで会話を愉しんでいたお客さんは、大抵面食らって店から逃げ出していくことになった。

だが、店側は『○○○』を形式の上で注意はしても、辞めさせたりはしなかった。

本当の所、どう対処していいのか、わからなかったのが実状だったらしい。

現在のママは、一介のショーガールとして当時から店に在籍していたそうだが、やはり遠巻きに彼女を見ていることしかできなかったそうだ。

ある日、接客中に突然叫び声を上げた『○○○』が、上得意のお客さんの胸元にワインをぶちまけるという出来事があった。

流石に怒ったオーナーが『○○○』を怒鳴りつけたが、それが気に食わなかったのか、彼女はその場からぷいと姿を消してしまったのだという。ショーパブの一同が総出で、憮《ぶ》然《ぜん》とするお客さんに平謝りをしていたので、彼女がいなくなったことに誰も気がつかなかったのだ。

翌日、『○○○』の遺体が、ビルの隙間の路地裏で見つかった。

検死の結果、『○○○』は店で揉めごとを起した直後に、非常階段から屋上に登って飛び降り自殺したのだと結論付けられた。顔面からコンクリートの地面に落下したらしく、遺体は近親者でさえ見分けがつかないほどであったという。

この事件はマスコミにも取り上げられた。店は暫く休業せざるを得なかったのだという。

だが、店側にとっての不幸は、それだけでは終わらなかった。

むしろ、その後に起こった出来事の方がより問題が大きかった。

『○○○さん』が亡くなられた後、現在に至るまでに三人のショーガールが身罷《みまか》っていた。

何《いず》れの娘も、源氏名に『○○○』を使っていた。

一人目は、最初の『○○○』が亡くなった痛手がようやく癒えてきた頃に入ってきた新人で、同じ源氏名を希望した。

だが、勤めが始まって半年後に自宅で首を吊った。

二人目はそれから数年経ってから入店した娘だったが、暫くして屋上から飛び降りたという。二人とも、自殺の理由はわからなかった。

それがあってから、この店ではあの源氏名を使うことを禁じた。

しかし、その後に他店から移籍してきた娘が『○○○』の源氏名を強く望んだ。

その娘は移籍前の店でも同じ名前を使っており、そこでの知名度があったので、いまさら源氏名を変える訳にはいかないと言い張ったそうだ。

結局、店側が折れることになったが、その娘の死に様は凄惨だったらしい。

同棲していた彼氏との間に諍いが生じて、その男にナイフで首をメッタ挿しにされたのだという。あまりにも刺し傷が深かったので、彼女の首は胴体から千切れかけていたと、ショーパブの常連客だった警察関係者からママは聞かされたそうだ。

この事件も新聞で報道された。

こうして、『○○○』という源氏名を使った三人のショーガールが次々と亡くなった。

それ以降、オーナーとママはどんな理由が会っても、この源氏名を付けたショーガールを雇い入れることはなかったのだという。

「だから、レイコちゃんがあの名前を最初に口にした時も、本当は雇うのを止めようかと思ったの。でも、今のこのお店の状況を見ればわかると思うけど、そんな余裕はなかったのね。とにかく売れっ子を一人でも増やしたいのは、オーナーも私も同じ。だから、あの時はあなたに無理を言って名前を変えて貰ったの。でも、あの娘には……『○○○』には、関係なかったみたいね」

顔色を蒼白にしたママが、半ば独白するように話してくれた。

更にママが言うには『○○○』という源氏名を付けたショーガールたちは、亡くなる前に幾つかの共通点が見られるようになったのだという。

どの娘も元々大人しい性格だったのに、ある時期からお客さんと揉め事を起すようになったそうだ。それに、身に着ける装飾品や香水、化粧品の趣味も変わったらしい。

「レイコちゃん、最近洋服の趣味が変わったでしょ。それに、香水も……私も最後の娘が殺されてからだいぶ経ってて気が付かなかったけど、あなたの香水『○○○』と同じなのよ。それと、そのハイヒールも……多分、目をつけた娘を、自分に近づけようとしてるのね、あの人は」

そう言われて初めて、階段を駆け上がるあの娘の履いていたハイヒールが、自分が新しく買った銀色のハイヒールとよく似ていたことに気がついた。

それに最近、私服や香水の趣味も変わっていた。

そう考えると、自分も『○○○』と同化し始めていたのかもしれないと麻美さんは言う。

もっとも、事情を知るママですら昨晩麻美さんが酔ったお客さんと揉め事を起したことで、初めて麻美さんが危ないのではないかと感じたらしい。

屋上で気絶していた麻美さんを見つけたのもママだった。

すべての説明が終わって一息吐くと、ママは「レイコちゃん、この店、今すぐお辞めなさい。オーナーには私が説明しておくから」と言ってくれた。

麻美さんは、この忠告に素直に従うことにしたという。

「それに、その時ママから、もうこの業界から身を引きなさいとも言われたわ。水商売を辞めにして、実家に帰りなさいって。私は、それは出来ないって食い下がったんだけど、『ちゃんと、ご両親に今の自分を見せて、その上でこの仕事が自分に合っているかどうかを考えなさい』って、諭されたのね。……色々なことがあったけど、本当にママは店の娘のことを親身に考えてくれる人だったわ」

ショーパブを退職した麻美さんは、その足で実家に帰宅した。出迎えてくれた両親は、麻美さんの変わり様に眼を白黒させたが、それでも優しく受け入れてくれたという。

数年後、麻美さんはあのショーパブが潰れたことを知った。仲の良かったショーガールから、あの店も打ち寄せる不況の波には抗いきれなかったのだと聞かされた。重ねて、ショーパブで世話になったママの消息も尋ねてみたが、それを知ることはできなかった。以来、ママには会えていない。

「あの時はドタバタしちゃってたから、ちゃんとお礼を言えてないのよ。勿論、怖い思いはしたけど……それでも、両親と和解できたのも、私が今ここにいられるのも、ママのお陰だと思ってるの。だから、本当はもう一度会って、きちんと挨拶をしなきゃいけないんだけど。でも、難しいかもしれないわね……それに、気になることもあるのよ」

麻美さんはあの晩、ママと別れの言葉を交わした後、ぽつりと彼女が呟くのを聞いた。

「きっとあの娘、今でもこの店を……私たちを恨んでいるのね」

ママの冷めて沈んだ言葉は、今でも麻美さんの耳に残っている。


ショーパブを辞めた後、麻美さんは一旦水商売から離れたそうだ。

そして、大変な努力をしてお金を貯め、念願の性転換手術を受けたのだという。

戸籍上の名前も、元の本名から正式に『麻美』に改名した。

今では別の都市に移り、若い身ながら雇われママとして一軒のニューハーフ・バーの切り盛りを任されているのだそうだ。

遠くない将来、独立して自分の店を構えることを目標に、彼女は日夜頑張っている。

ねぇ？……

「『ねぇ、……ねぇ？』って甘ったれた声だして近寄ってくんだよ。それがすごく気持ち悪くってさぁ」

堀口さんは以前、小さな通所介護《デイサービス》の介護職員を勤めていた。

元々彼はタクシーのドライバーをやっていた経験があったので、介護だけでなくお年寄りの送迎も頼まれていたそうだ。

稀《まれ》にステップワゴンを使うこともあったが、大抵は軽自動車を運転したのだという。

その日の朝は、Yさんという高齢のお婆さんをご自宅までお迎えに伺った。

「Yさんって、品があるって言うのかな、施設の中でも特に物静かな、痩身《そうしん》のお婆さんだったんだ。郊外だったけど、自宅も立派な御屋敷でさ。きっと、それまで上品な家庭で過ごしてきたんだろうな。朝の挨拶をするときも、物言いが丁寧でさ、綺麗な言葉遣いをする人だなって思ってたんだよ」

だが、軽自動車を走らせてから暫《しばら》くすると、いきなりYさんが堀口さんの左腕にしな垂《だ》れてきたのだという。驚いて横を向くと「ねぇ……ねぇ?……」と甘えた声を出しながら、Yさんが上目遣いに堀口さんの顔を見つめていた。

とろんと眼差しが潤《うる》み、黒く濡れたような瞳をしている。

「大丈夫ですか、Yさん? どうかしましたか?」

堀口さんは、驚いて声を掛けたという。

だが、Yさんはその問いには答えずに、ますます身体を摺《す》り寄せてきたのだそうだ。

少し上気して赤く色付いたYさんの表情に、堀口さんは困惑した。

「ねぇ、ねぇ?」

甘ったれた猫なで声が、堀口さんの肘《ひじ》から胸、肩口へと昇ってくる。

「Yさん、止めてくださいよっ! ハンドル取られて危ないですからっ! ちゃんと、シートベルトもして下さい、お願いですから」

実際、左腕はYさんに抱かれてしまい、仕方なく片手でハンドルを握っていたのだという。Yさんは、いつの間にやらシートベルトも外してしまったらしく、助手席の座席に半ば膝《ひざ》立っているようだった。

〈この婆ちゃん、急に色惚《いろぼ》けちゃったのかな?〉と思いながら、堀口さんは何とかしてYさんを落ち着かせようとした。だが、ますますYさんは身体を寄せてくる。

堀口さんの頬《ほお》に、老婆の乾いた頬が重なった。

「ねぇ、ねぇ……いいでしょお?……一緒にイキましょうよぉ……」

吐息混じりに、Yさんが耳元で囁いた。

「ちょっと、Yさんっ！　いい加減にしてくださいっ、私も怒りますよっ！」

堀口さんは怒鳴《どな》りながら、急いで車を道路の路肩に寄せて停車したのだという。

Yさんを引き剥《は》がすようにして運転席から降り、フロント側を回って助手席へ向かった。

〈こんなんじゃ、運転ができない〉と考えていた。

とにかく一度Yさんを強く注意して、その上でシートベルトを締め直してもらわなければならなかった。さもないと、危なくて運転なんかできやしないのだ。

「お年寄りの中には時々そういう人もいるんだってさ。ほら、子供返りするって言うのかな?　何か、気持ちだけが若返っちゃって、また恋愛とか始めちゃうらしいんだ」

わかってはいるが、いまだに性愛に恋々とした老女の媚態《びたい》を見せつけられた気がして、ねぇ？……


やり場のない嫌悪感が胸中に広がる。

「いまドアを開けますから、気をつけてくださいよ」

そう言って、助手席のドアを開けた。

すると意外にも、Yさんは黙って助手席に座ったまま、目を瞑《つむ》っていたそうだ。

反省しているのか、思っていたよりも随分と落ち着いた様子だったという。

「Yさん、いいですか、もう一度シートベルト締めますから……あれっ⁉」

見ると、既にシートベルトがキチンと留められた状態になっていた。

先ほどまでの着乱れた雰囲気も感じない。

「御自分で締め直したんですか、Yさん？」堀口さんが聞く。

……が、返事が無かった。

呼吸音も聞こえない。

訝《いぶか》しく思い、肩を軽く揺すってみた。すると、Yさんの首が力無くストンと垂れた。

――慌てて確認すると、既にYさんは事切れていたのだという。

「後で聞かされたんだが、心不全だったらしいんだ。元々、Yさんはあんまり心臓が良くなかったそうで……だから俺も、暫くの間、悪いことしたんじゃないかって悩んだよ。もしかしたらYさん、胸が苦しくて、俺に助けを求めてただけなんじゃないかってさ」

しかし堀口さんは、最近になって、ひとつだけ思い出したことがあるのだという。

堀口さんが運転した車は、走行中にシートベルトを外すと警告表示が点灯し、アラームが鳴る仕様になっていたそうだ。当時、法令で義務化こそされていなかったが、高齢者を送迎するのには必要だろうと、勤めていた介護所がいち早く取り入れていたらしい。

だが、堀口さんはあの時に、アラームを聞いた覚えがまったくないのだという。

「でも、シートベルト外さなきゃ、Yさんが俺に抱きつけるはずないんだよ。だって、腰をベルトで締めてんだぜ……だからさぁ、あの時のYさんって本当にまだ生きてたのかって、最近になって疑い始めてるんだ……『一緒にイキましょう』って、最後に言ってたんだけどさ、あれって『一緒に逝く』ってことだったのかなって」

しかめっ面をした堀口さんは〈まぁ、どっちにしたって気味の悪い話だ〉と吐き棄てた。

渋川紀秀

NORIHIDE
SHIBUKAWA

渋川紀秀（しぶかわ・のりひで）

どうにもままならぬ日常生活に対して常に不満や鬱屈を抱えている私にとって、怪談は、心の痛みを和らげてくれる薬です。日常の法則を打ち破る不可思議なものごとは、息苦しい現実の枠組みを揺るがし、恐怖とともに癒しを与えてくれます。怪奇へのアンテナが広がり、不気味な話を引き寄せやすくなってしまう、という副作用に気づいた時にはすでに遅し、どうやら私もこの薬の中毒者のようです。ひょんな巡り合わせにより、怪談の書き手となる機会を頂きました。よい怪談を書き、恐るべき薬と中毒者を増やしていく所存です。

犬が鳴く

バックパッカーのYさんから聞いた話。

Yさんは東京都下の安アパートに住んでいる。

ある日の夜、Yさんはふと目を覚ました。ベッドのすぐそばにある窓を叩かれたような気がしたのだ。耳を澄ますと、家の外から犬の鳴き声が聞こえてきた。

遠くから鳴くのではなく、近くをうろつきながら鳴いているようだった。犬は激しく吠えたかと思うと、時々甘えるような声を出したりした。

Yさんはそこに住んでもう一年になっていた。このあたりの家で、犬を飼っている家はないはずだった。こんな夜遅くに、近くまで散歩しにきた新参者でもいるのか、と思った。

翌朝、Yさんが可燃ゴミを収積所に出しにいくと、アパートの大家が苦い顔をして立っていた。

「何かありましたか？」

「逃げてきた犬たちだな。あっちこっちに糞しやがって。ふんづけちまったよ。佐久間さんに頼まれたから、片付けてるけど」

高齢の大家は苦い顔をしながら、糞をトングでつまんで紙袋に入れていた。佐久間さんって誰ですか、とYさんは尋ねようとしたが、大家はどこかに立ち去ってしまった。


その日の夜、Yさんはまた犬の鳴き声を聞いた。

昨日と違い、二匹以上の犬が争い合うような吠え声だった。Yさんは起きあがり、部屋の窓が閉まっているかどうかを確かめた。野良犬が腹を空かせて、近くを漁《あさ》っているのかもしれない。

その犬の鳴き声にはいびつな響きがあった。インドに旅行したことのあるYさんは、通りをうろつく狂犬病にかかった犬の恐ろしさを思い出した。砂埃《すなぼこり》の舞う未舗装の道を、よだれを垂らしながら闊歩《かっぽ》し、あたり構わず噛み付いて回る、死をもたらす犬たち。

Yさんは犬たちが早く立ち去るのを願いながら目をつぶり続けた。

二日後、Yさんは再び大家と出くわした。

「最近、このへんで野良犬、増えてるんですか?」

Yさんが聞くと、大家は目を細めた。

「あんた、知らんのかね。あいつら、焼け出されたんだよ」

「焼け出された? 火事ですか?」

大家は一週間ほど前に起きたという火災事故のことを語った。

近くにあるペットショップで火事があり、店を経営していた老夫婦は一酸化炭素中毒で亡くなっていた。そして、店で飼われていた多くの犬が焼死したという。

「佐久間さんの店だよ。焼け崩れた店から逃げだした犬たちだろうな、このへんうろついてんのは」

大家はため息まじりで言った。

Yさんは首をかしげた。二日前、大家は佐久間さんに頼まれて犬の糞を掃除している、と言っていた。犬たちが逃げだしたのは、佐久間さん夫婦が火事で亡くなった後のはずなのに。

「まあ、保健所には通報しといたよ。もうそろそろだろう。悪いけどな、仕方ないんだ。

うちには犬を飼う余裕なんてないんだよ」

大家さんはそう言って立ち去った。

Yさんはインターネットのニュースを調べてみた。

大家の言っていた通り、この近くのペットショップで火事があったらしい。夫婦の遺体に不自然な傷はなく、老いた夫が重い病気を患《わずら》っていたことから、心中のための放火だったのではないか、とネット上では推測されていた。

大家の言葉を思い出し、Yさんはひやりとした。佐久間さんに頼まれた、というのは、亡くなった佐久間さんが知り合いである大家を訪ねてきた、ということではないのか。佐久間さんは、犬たちのことがよほど心残りだったのだろうか。


数日後の深夜。Yさんは再び目を覚ました。パトカーのサイレンに混じって、犬が激しく吠える声が聞こえてきた。

野良犬の捕獲だろうか。それにしては騒々しすぎる。Yさんは疲れていたので、耳栓をして目をつぶった。

翌朝、何気なくネットニュースを見ていたYさんは驚いた。ペットショップの火事は放火だった。しかもその放火犯は、Yさんと同じアパートに住んでいたというのだ。

だから亡くなった佐久間さんは、このアパートの大家の所に現れたのか。そして、Yさんが最初に犬の声を聞いた夜、部屋の窓を叩いたのは、もしかしたら佐久間さんだったのかもしれない。Yさんはそう思った。

あの夜、犯人の部屋の周りで、しきりに犬が鳴き、男が怒鳴《どな》っていたという。人の喧嘩や犬の虐待を心配した近所の住人たちが警察に通報した。駆けつけた警察官は、部屋の住人の不審な様子を察知し、事情聴取した結果、自供を引き出した。近くにいた犬たちは保健所に連れていかれた。

「そういえば、最初犬の鳴き声を聞いた時、甘えるような声も出してました。犬たちには、可愛がってくれていた老夫婦が見えていたのかもしれません。老夫婦の姿を、放火犯の自宅に見つけたんでしょうかね」

Yさんは穏やかな顔でそう語った。

私はぞっとした。犬たちが放火犯の部屋で老夫婦を見ていたとすれば、亡くなった二人はさぞ恨めしそうな顔をしていただろう。

アメリカの安宿

これもバックパッカーのYさんから聞いた話。

Yさんは、大学の友人のOと一緒にニューヨーク市のブルックリン近辺を旅していた。旅慣れたYさんは、ガイド料と称して、食費や宿代の一部をOに出してもらっていた。

旅行三日目。Oは一人行動をしたいと言いだした。三日後に帰国の飛行機に乗るまでは、一人であちこち回りたい、宿も変えてみたいという。食費などをOに出してもらうつもりだったYさんは困った。そしてその日の夜、ひとつの策を思いついた——。

宿に初めて入った日、ふたつある寝室のひとつに入ったYさんは、あるものを見つけていた。古めかしい木製ベッドにあった薄いマットレスは、叩くと埃《ほこり》が舞うような代物だった。そのマットレスの、枕が置いてあった所の真上の天井に、赤い文字で小さく「HELP《ヘルプ》

ME《ミー》（助けて）」と書かれていた。Yさんはいたずら書きだろうと思って気にしていなかったが、Oを引き止めるためにこのいたずら書きを使ってやろう、と思いついたのだ。

Oは怖がりだった。大柄な体をしていたが、幽霊のたぐいが大の苦手だ。今回の旅行前、Oは、凶悪犯罪の多いアメリカの安宿には何かいいいが出るのではないか、と心配していた。

二人が泊まる宿は、隣にあるホテルのせいで、昼間でも太陽光が入ってこない薄暗い部屋だった。宿代が異様に安いこの宿を、Oは不気味がっていた。そして旅行二日目には、宿のすぐ近くでパトカーが三台連なって走っていくのを見た。Oはすぐそばで殺人などの事件が起こることにさらに怯えていた。

夜、YさんはOのいびきを聞いて、身を起こして部屋を出た。Oは一度眠ると朝まで起きないたちだった。YさんはOの寝室に入り、忍び足でOの耳元まで行くと、低い声で「ヘルプ・ミー」と繰り返しささやいた。デスクランプに照らされたYさんの顔が苦悶にゆがみ、うっすら汗が浮かぶのが見えた。

翌朝、Yさんは0に揺り動かされた。

「宿を変えよう。ここはなんかやばい」

「なにかあったのか？」

「昨日、夢の中で、ヘルプ・ミー、ヘルプ・ミー、って聞こえたんだよ。おかしいと思ったんだよ。やっぱりこの宿、なんかいるんだって。なあ、行こうぜ」

思った通り、怖がりの0は自分を頼ってきた。一人で行動したい、と言っていたことをすっかり忘れているようだ。Yさんはほくそ笑んだ。

「こういう時は、塩をまいておけば大丈夫だよ」

Yさんが言うと、0は料理のために小壜《こびん》に詰めてきた塩を部屋のあちこちに撒き始めた。

アメリカの幽霊に塩が効くかよ。

大柄な0が顔を引きつらせながら塩を撒く滑稽な姿を見て、Yさんは笑いをこらえた。

塩を手のひらに載せた0がYさんの寝室に入ってきた時、Yさんはだめ押しをしてやろうと考えた。ここで天井の文字を見せたら、0は飛び上がって驚くだろう。

Yさんは天井の文字が書かれた場所に目を向けた。

息を呑んだ。背中に冷たい水をかけられたような気がした。

天井には、HELP MEではなく、KILL YOU《キル・ユー》（殺してやる）と書かれていた。場所を間違えたか、と思ったが、他の場所には何も書かれていなかった。

「ああ、やばいな、ここ。宿を変えよう」

そういった自分の声を、やけに低く感じたという。

長年の苦情

「幽霊なんかより、あの人の方が意味わからなかったですけどね」

斉藤さんは、賃貸アパートの管理を請け負う会社に勤めている。

十年以上前から、斉藤さんは管理対象のひとつとして、K崎市のとあるアパートを任されていた。そのアパートの部屋に、ある変わった住人がいたという。

斉藤さんは二週に一度、掃除や備品交換のためにそのアパートを訪れていた。三LDK、駐車場付きで家賃は五万六千円。コンビニまでは車で五分かかり、近くにはセメント工場や広い空き地のある、緑豊かな場所だった。

そのアパートの101号室に、木村という左官《さかん》屋が家族三人で住んでいた。

ある日の夕方、斉藤さんがアパートに来ると、木村に呼び止められた。木村はタバコ臭い息を吐き散らしながら苦情を言った。

「先週亡くなった201のじいさんを、なんとかしてくれよ。頼むよ」

木村は入居当初から厄介な住人だった。入居から二日後、駐車場の中に、大家に無断で屋根付きの車庫を造ってしまった。アパートの裏手の農地で早朝に作業をしていた近所の人にバケツで水をぶっかけて「うるさい」と怒鳴《どな》ることもあった。子どもが部屋で大音量で音楽を流すのを止めなかったり、深夜に大声で夫婦喧嘩をしたりしていた。吠え癖のある犬を近所で散歩させていた人に怒鳴《どな》り散らすこともあった。

近隣住民は迷惑をしていたが、大柄で色黒な木村に苦情を言えば何をされるかわからない、と我慢していた。住民の相談を受けた大家が深夜の大声を注意しに行くと、妻と喧嘩する勢いをそのままに大家に食ってかかることもあった。

木村家が入居して二ヶ月後。斉藤さんは大家から、木村を追い出すべきか、と相談された。斉藤さんが木村に注意すると、その直後はおとなしくなるが三日ともたない。しかし、古くからの住人たちが大家の甘さにつけ込んで家賃を滞納したりする中、木村は家賃だけはきっちり払っていた。斉藤さんは、警察沙汰になる事件でも起こさない限り木村を追い出しにくいでしょう、と大家に言っていた。結局、木村はアパートに居続けた。

木村家が入居してからおよそ半年後。木村家の部屋の上に住む201号室の田宮という独居老人の男性が亡くなった。退職後、奥さんに捨てられ、持病をこじらせた上、栄養失調で死亡したらしい。隣の部屋の住人が201号室のひどい異臭を嗅ぎ、呼ばれた斉藤さんが部屋に入ったところ、蝿《はえ》にたかられた田宮老人を見つけたのだという。

木村が言う「亡くなった201のじいさん」とは、この田宮老人のことだった。斉藤さんは、すでに亡くなっている田宮老人をなんとかしてくれ、と木村に頼まれたのだ。

どういうことだ？　斉藤さんは木村の苦情に耳を傾けた。

「誰も居ないはずの真上の部屋から、床を踏む音が聞こえるんだよ。あと、トイレの流す音とか、シャワーを使う音とかよお。俺だけじゃねえ、かみさんも聞いたんだ。俺が仕事でいない昼間にも聞こえるってんだよ。上のじいさんがどうにも気になってよ、夫婦喧嘩も出来やしねえよ」

木村は太い腕を振り回し、臭い唾液を飛ばしながら、斉藤さんにそう訴えた。斉藤さんが返事に困っていると、101号室の廊下に面した窓から、木村の妻が青白い顔を覗かせた。彼女の白い顔は生気に乏《とぼ》しく、右目の上は赤黒く腫れていた。木村が妻に暴力を振るったのではと斉藤さんは疑った。だが、夫婦間のプライベートなことだと考え、口を挟むのは控えた。

不快な音の原因を、木村はなぜか田宮老人の祟りだと決めつけているようだった。斉藤さんは木村の臆病さに呆れた。

しかし木村にしつこくせっつかれ、斉藤さんはその日の夜、201号室に寝泊まりしてみることにした。201号室はすでに業者が入り、所定の清掃は済んでいた。幽霊のたぐいを信じない斉藤さんは、木村の話を怖いとは思わなかった。

水漏れしている所はないか。ネズミが押入や一階と二階との間で走り回ってはいないか。日が落ちる前に、斉藤さんは部屋を確かめて回っていた。その夜はデスクライトを付け、読書をしながら、午前三時まで起きていた。

古いアパートなので、夜になると、温度変化により天井の木材が軋《きし》む音がする。しかし、木村が言うようなトイレを流す音も床を踏む音も聞こえなかった。

翌日の夜、木村に会いにいくと、緊張した顔つきの木村から、

「な、変な音しただろ？　俺も聞いたよ」と聞かれた。

斉藤さんが「変な音なんてしなかった」と否定すると、

「ほんとかよ。なあ、ほんとに泊まって確かめてくれたんかよ？」と疑われてしまった。

「隣の部屋とかの生活音が、上から聞こえるように思うだけじゃないですか？」

そのアパートの防音機能は不完全であり、配管を伝って、２０１号室以外の部屋の音が聞こえてくることもあり得る。斉藤さんは木村にそう説明した。

「そんなはずはねえ。たしかに上からだ。俺だってかみさんだって、子どもにだって聞こえてんだよ。嘘じゃねえ。なあ、あんた、なんとかならねえか。頼むよ」

木村は太い眉《まゆ》をしかめ厚い唇を震わせながら、固い指で斉藤さんの両肩を掴んで揺さぶった。色黒の大男が怪異に青ざめるさまは、滑稽《こっけい》に感じられるほどだったという。

斉藤さんはため息をこらえながら、言った。

「そうおっしゃられましてもねえ。現状では何もありませんので。また何かあったらおっしゃってください。変な音とか、携帯で録音できますよね。はっきりしたものがないと、こちらも動けませんので」

木村は舌打ちをして、部屋に戻ってしまった。

斉藤さんはふと気がついた。

怪奇現象を理由にごねるつもりだな。

木村は身勝手で傲慢《ごうまん》なところがある。怪奇現象を解決しない管理会社を責め立て、言いがかりをつけて、家賃を下げろだの引っ越し代を出せだの言ってくる気だろう。

これまでも、そういう困った住人に何人か会ってきた。こんなに害虫がたくさん出るとは聞いていなかった、シャワーが弱い、隣人の生活音がうるさい、などと難癖を付け、お詫びの金を欲しがる連中だ。

斉藤さんには譲歩する気はなかった。物件が気に入らないなら、出ていってもらってかまわない。言いがかりをつけられたら、そう返すつもりだった。


その翌週、木村から斉藤さんが勤める管理会社に電話が来た。

来たな。斉藤さんは身構えた。場合によっては退去勧告をしよう、と考えた。だが木村の声は、絞り出すような弱々しいものだった。

「お坊さん、呼んでもいいよな」

斉藤さんは拍子抜けした。てっきり、無理な要求を吹っかけてくると思っていたのに。

木村は本気で201号室の怪異を怖がっていた。

「知り合いのお坊さんに頼んで、お経をあげてもらうからよ。そのあと札《ふだ》を貼りたいんだけど、いいだろ？　もちろん費用は自分で出すから」

木村はまくしたてるように言った。

その後、斉藤さんは掃除のために木村のいるアパートを訪ねた。

201号室の窓に、梵字《ぼんじ》が書かれたお札が何枚も貼られているのを見て、斉藤さんは驚いた。いくら木村が自分で買って用意したお札とはいえ、あれでは他の住人を怖がらせてしまう。斉藤さんは木村と話をつけ、札を201号室内の天井裏や押入の木板の裏に貼り直した。これで木村の気が済んで静かになるなら、と思いながら作業を終え、201号室を出ると、202号室の住民と出くわした。201号室のことを聞いてみると、特に気にしたことはない、変な音を聞いたこともない、と隣室の若い男は答えた。

斉藤さんは首をひねった。

どうして木村とその家族だけが、亡くなった田宮老人のことを恐れているのだ？

斉藤さんは木村が恐怖心を抱く理由を考えた。

木村は田宮老人になにか後ろ暗いことがあるのかもしれない。たとえば、飢えた田宮老人のうめき声を木村は聞いた。それなのに木村は、田宮老人を心配しなかった。うるせえ、と下から怒鳴りつけたこともあったかもしれない。自分たちが飢えた田宮老人を見殺しにした。そんな自責の念が、彼らに何かを見聞きさせているのかもしれない。

斉藤さんは木村に、亡くなった田宮老人をどう思っているのかを聞いた。木村は、気の毒だが、死んだ後に下の住人に祟らなくてもいいだろうに、と憎々しげに言った。

しばらくおとなしかった木村が、異音が聞こえると再び訴え出したのは、斉藤さんがお札を貼り直してから二週間後のことだった。

ちょうどその頃、204号室の住人が引っ越すことが決まっていた。斉藤さんは木村に、204に引っ越したらどうか、と提案した。大家も納得していた。201号室の異音を騒ぎ始めてから、木村の荒っぽい行動は収まっていた。家賃をちゃんと払い続ける、問題を起こさない住民になっていたのだ。

だが、木村は斉藤さんの提案を断った。そんなめんどくさいことは出来ねえ、ということだった。怪異に悩まされ続けるより、部屋を変えることの方が簡単でしょう、と斉藤さんは言ったが、木村は聞く耳をもたなかった。

木村は他の物件に引っ越すことも考えていないようだった。

結局、木村の苦情は十年続いた。その間、斉藤さんはそのアパートを担当し続けた。２０１号室にも住人が入り、何人か入れ替わったが、部屋に住む人たちからは何の苦情もなかった。だが木村は、真夜中にじいさんのうめき声を聞いた、などと言って、上の部屋を怖がり続けた。斉藤さんは木村さんと何度も対応する中で、木村をあしらう術を身につけていった。木村も、恐怖を斉藤さんに話すことで気が済むようなところがあった。

やがて木村家の一人息子が成人し、家を出て行った。木村の奇妙な苦情がぴたりと治まったのはその頃だった。

「苦情が治まった理由に、思い当たることがあるんですけどね」と斉藤さんは気まずそうな顔つきで言った。

ある時、斉藤さんがアパートを訪ねると、木村の妻が斉藤さんを呼びとめた。数カ月ぶりに会った彼女は、急激に太っていた。

「いつもありがとうございます。あの、費用は大丈夫でしょうか。お支払いしますよ。これはお礼の印です」

木村の妻はにこやかに言い、斉藤さんに菓子折りを持ってきた。

「費用、って？」

「最近、上の部屋にお坊さんを何度も呼んでくれているでしょう？　読経のおかげで、妙なことがぴたりと治まりました。旦那もとてもありがたがってますよ」

「え？　僕は呼んでませんよ」

「そうですか。じゃあ他の部屋の方かしら」

木村の妻は菓子折りを持ったまま、軽く会釈をして立ち去った。

斉藤さんは不思議に思った。木村家の住人以外は、201号室に怪異を感じている住人はいない。だから、木村家のように、お坊さんを呼んでお経をあげる、といったことをするはずがない。誰がお坊さんを呼んでいるのか？　木村の妻が聞いた読経とは何だ？

いつものように用事を済ませて、斉藤さんがそのアパートから帰ろうとした時、101号室の廊下に面した窓が開いた。頬のこけた顔色の悪い男が顔を覗かせていた。数秒後、斉藤さんはその男が木村だと気づいた。しばらく見ないうちに、木村はまるで重病人のように痩せてしまっていたのだ。落ち窪《くぼ》んだ目を斉藤さんに向け、口をぱくぱく動かしていたが、何を言っているかまったく聞こえなかった。あれではもう苦情も言えないな、と斉藤さんは思った。

斉藤さんは昔見た、顔を腫らした木村の妻を思い出しながら、ふと気づいた。

木村が田宮老人を怖がり続けたのは、木村の妻が夫に幽霊話を吹き込んでいたからではないか。

今でも斉藤さんは管理人としてそのアパートを訪ねている。木村夫妻の姿を時々見かけるのだが、見るたびに、木村は痩せ衰え、逆に木村の妻は肥えているという。

「子どもがいなくなって、家庭のバランスが崩れちゃったのかもしれませんね。最初は木村の暴力から、自分や子どもを守るために、奥さんが幽霊話を作って言い出したのかもしれない。あとは旦那への苛立ちを晴らすためだったかもしれない。それにすっかり乗せられた木村が、怯えながらも引っ越さなかったのは、家族の中での精一杯の虚勢だったのかも。奥さんは内心では怖がる夫を嘲笑《あざわら》ってたかもしれないけど」

斉藤さんは苦笑いを浮かべた。

「そんで、子どもが家を出て、夫婦二人きりの生活になって、今じゃ夫をいじめること自体が目的になっちゃった、とかね。あんなふうに痩せちゃったら、木村はもう奥さんに文句を言うことすら出来ないだろうに」

妻に捨てられ、餓死《がし》した老人。妻に仕返しされ、衰えゆく木村。その相似《そうじ》に私は寒気を覚えた。

「木村は幽霊を見させられていたっていうのかもしんないね。夫婦間のプライベートなことには口を挟むつもりはないけどさ」

新しい血痕

アパート管理会社に勤める斉藤さんからこんな話も聞いた。

昔、斉藤さんが管理していたアパートで、殺人事件があった。ニュースでは、中年女性が二十ヶ所以上を刺された、と報じられていた。

斉藤さんは一週間後、事件のあった部屋に行った。

住人が部屋を出ていったあとは、次の住人が入るまでに、管理担当者は清掃業者を手配しなければならない。だが、事件性がある状況で住人が死亡した場合、管理担当者は少し間をあけてから部屋を訪れることが暗黙の決まりになっていた。事件直後は警察が現場を保存し、鑑識活動や捜査を行うからだ。

斉藤さんがアパートにつくと、その部屋のドアにはまだ黒と黄色の【KEEP OUT】テープが貼ってあった。

斉藤さんは最寄《もよ》りの警察署に行き、身分を名乗り、いつになれば部屋に入れるのかを尋ねた。たまたま居合わせた捜査関係者の刑事が、アパートの部屋に同行してくれた。

刑事はアパートの敷地内に入るなり、素早く周りを見回した。そして、くだんの部屋にゆっくりと近づいていった。刑事の醸し出す重苦しい雰囲気に、斉藤さんは寒気を感じたという。

「剥《は》がし忘れだなあ、このテープ。念のため、部屋にあるものには直接触れないでくださいね。触れた所は覚えておいてください。まだ何かを調べるかもしれませんのでね。それから、作業が終わったら連絡を下さい」

刑事はテープを剥がすと、さっさと帰ってしまった。斉藤さんはドアを開け、部屋の中を見回しながらそっと体を入れ、後ろ手にドアを閉めた。

自分の肌に部屋の湿気がまとわりついてくる気がした。血のにおいはしなかった。白い壁には茶色いしぶきが残っていた。血痕だろう。水色の絨緞《じゅうたん》もあちこちが血で汚れていた。

斉藤さんは息を詰めながら、部屋の様子をひと通り写真に収めると、部屋を出て、刑事に電話をかけた。アパートを早足で出てから会社に帰るまで、なんともいえない嫌な感じが体から離れなかった。

「あの時はなんだか、ねっとりとした視線が自分に向けられているように感じましたね。人が亡くなったばかりの部屋に入ったからかな、って思ってたんですけど」


その翌日、警察から斉藤さんあてに電話がかかってきた。

「あの部屋で、どこか怪我《けが》されましたか」

「怪我？　いいえ」

「警察署に来ていただいても構いませんか？」

有無を言わせないような強い口調だった。

斉藤さんが首をかしげながら警察署の指定された部屋で待っていると、渋い顔をした中年のスーツを着た男が入ってきた。

「あの部屋、汚しちゃ困りますよ。何の血なんですか？」

斉藤さんは眉《まゆ》をひそめた。いったい何のことを言われているのかわからない。

「私は部屋の写真をひと通り撮って、すぐに出て行きましたよ」

「壁に血を付けたでしょう。結構な量の新たな血液反応が出たんですよ。今、鑑識官が詳しく調べてますから、黙っていてもじきにわかりますよ。正直におっしゃっていただければ、おおごとにはしませんから」

「血なんか付けてませんよ」

斉藤さんはあの部屋に入った時のことを思い出した。たしかに部屋の白い壁には血しぶきが付いていたが、刑事たちはそれではなく、「結構な量の血」が付いていたと言っている。自分が見た時には、すでに茶色く変色した血痕はあったが、新しい血痕はなかったはずだ。そのように説明した。

「私のあとに、誰か他の人が入ったんじゃないんですか?」

「いいえ。鑑識が入るまで、あなた以外はあの部屋に入っていないはずなんですよ」

斉藤さんはそれから十分ほどしつこく問いただされた。事件の被害者との関係まで疑われ、事件発生時のアリバイまで訊かれた。自分は不動産の管理業務をしているだけなのに、どうしてこんな疑惑をもたれなければいけないのか、と腹が立った。

鑑識結果が出たらまた連絡します、とスーツの刑事から言われ、斉藤さんはようやく解放された。

一週間が経った。

警察からの連絡はまだなかった。何かの間違いだったのだろうか。それとも、血痕の検証が長引いているのだろうか。仕事をしていても、家にいても、落ち着かなかった。

やきもきし続けるのはうんざりだ。斉藤さんは事情聴取を受けた警察署に問い合わせた。

スーツの刑事の名前を告げると、電話の担当者が取り次いでくれた。

「申し訳ありませんでした。無関係であることがわかりましたので。連絡が遅れましたことをお詫びいたします。あの血は、被害者のものでした」

スーツの刑事はそう言って電話を切った。

斉藤さんは舌打ちをした。疑われた身にもなれ。テープの剥がし忘れといい、ずさんなことが多すぎる。

警察署に抗議してやろうか、とも考えたが、その前に、斉藤さんはあの部屋で起きた事件の続報を調べてみようと思った。

あの部屋でのメッタ刺し事件の犯人は、事件後すぐに逮捕されていた。

ではその後、白い壁に新たに付いていたという血は何だったのか？　犯人が逮捕されているなら、なぜ警察は自分に事件発生時のアリバイを聞いたのか？

斉藤さんは、知り合いの同業者から聞いた話を思い出した。

人が亡くなったばかりの部屋に行くと、まだ死者がそこに留まっていて、なんらかの形で自分の存在を知らせようとする。おそらくあの壁際で亡くなった被害者の無念が、壁に新たな血を流させたのでは……。

そんなイメージが斉藤さんの頭に浮かんだ。だが、幽霊の実在を信じない斉藤さんは思い直した。そんなオカルトじみたこと、あるだろうか。もっと現実的に考えてみよう。

そう思ったとたん、斉藤さんはふと冷たいものを感じた。

真犯人がもし、いたら？　壁に新たな被害者の血を付けることができる人間がいるとしたら、その血液を採取できる現場にいたということじゃないか？　しかもその血液を保存していたということか？

まさか。そんな狂人がいたら警察の方で動いているよな――。

「そうは思っているんですけどね、今でもわからないんですよ、壁に新たな被害者の血がどうして付いたのかが。やっぱり、新しい血痕は、亡くなった方の仕業ではないかと思ってます。あの部屋を思い出す時はいつも、壁から勝手に血が流れてくる場面ばかりが頭に浮かぶので――」

斉藤さんはそう話をしめた。

マネキンの夢

舞台俳優のIさんの話。

Iさんが出演した舞台を、私は何度か観に行ったことがある。この話は、Iさんの部屋で一緒に呑んだ時に聞いた。

ある時Iさんは、友人Sが主宰する劇団に客演することになった。

マネキンを使ったホラー調の物語を上演したい、とSから聞いていた。

公演日が押し迫ったある日の夕方。Sが、マネキンの白い衣裳に色とりどりの糸を縫いつけよう、と言い始めた。Sの突然の注文のために動けるのは、出演者の三人だけだった。

Iさんの他は女性二人で、彼女たちは稽古を抜け出し、マネキンに着せる白い衣裳を古着屋に買いに行った。

Iさんは稽古後、Sが借りていた地下の作業スペースに行った。Sと二人で、女性二人が買ってきた衣裳に糸を縫いつける作業をすることになった。

十一時半をとっくに過ぎていて、女性二人はすでに帰っていた。Sは、マネキンの不気味さと儚《はかな》さを出すために、いろいろな糸を衣裳に縫いつけることが絶対に必要だ、と力説している。

「そういやあ、あれの由来、話したっけ？」

Sが手で差し示した先には、舞台で使う古ぼけた木製のテーブルがあった。高さはIさんの腰ほどあり、淡い黄土《おうど》色の天板には何かをこぼしたような歪《いびつ》な形の黒い痕が染み付いていた。

「このテーブル、ちょっといわくつきなんだよ」

「やめろって。今日泊まっていくのは俺だけなんだぜ」

「昔の舞台の仲間が家に置いといたらしいんだけどな。見えるってんだよ、天板の影に、女の子が。しかも血まみれでさあ」

「おい、それ以上話を続けると、作業放棄して帰るぞ」

Iさんはその作業スペースから少し遠くに住んでいた。終電の時間はとっくに過ぎていた。タクシーで帰るような金も無く、近くに泊まりにいける友人もいない。なにより、次の日にはマネキンを仕上げた上での稽古をする必要があった。一人では怖かったから作業できなかった、では、他の出演者やスタッフに迷惑がかかってしまう。

「衣裳作りのインスピレーションになるかな、と思ってさ。まず、自分たちの中で怖いって思いがないと、お客さんも怖がらせられないだろ。まあ、そのマネキンもただで貰った奴で、ちょっとしたいわくはあるんだけど——それはやめとくわ」

Sは意地の悪い笑みを浮かべた。

Iさんが睨みつけると、Sは笑みを引っ込めた。

「嘘だよ、嘘。悪かったって。いやさあ、俺、この作品にかけてるからさ。みんなに本気でやってもらいたいんだ。お前が本気で怖がってくれたら、それで十分だよ」

「余計なことをしなくても、本気でやるっつうの。てか、お前も泊まってけよ、俺を怖がらせた責任取れって」

「悪いな、俺はこれからバイトだ」

Sはバイクでここまで来ていた。深夜の警備員のアルバイトは短時間で時間あたり二千円稼げる、とSは言っていた。

「じゃあ、マネキンちゃんの衣裳作り、よろしくな」

Sはそう言い残して出て行った。Iさんはマネキンの衣裳に手を加える間、にぎやかなジャズをイヤフォンで聴くことにした。

音楽のおかげで、怖さはやわらいでいった。

この子も、こっちが変に怖がったり、敵意を持たなければ大丈夫だろう。マネキンの青い目を見ながら、Iさんはなんとも言えない、愛おしいような気持ちになった。

作業も深夜に及んでくると、テーブルの天板の木目が気になってきた。楕円形の黒い染みが人の目のように見えた。よくある錯覚だ、とIさんは自分に言い聞かせた。

Iさんはマネキンの金髪を櫛で優しく梳《す》いていった。

「ごめんね、今まで手入れしていなくて。舞台のために、使わせていただきますね」

マネキンに語りかける口調が不思議に優しくなる。触れる白いプラスチックの肌にも温かみを覚えるようになってきた。古いテーブルにまつわる怪異が起きても、このマネキンは自分の味方をしてくれるような気がした。

四十分ほど経ち、作業のめどがついてきた。イヤフォンから耳に入るジャズがゆっくりとしたリズムを奏でていた。Iさんは急激に眠くなってきた。

マネキンを大事な女性をいたわるように抱き上げると、椅子に慎重に座らせた。そして自分はパイプ椅子に深く腰かけ、ちょっとだけ寝ようと思い、目をつぶった。

ふと気づくと、Iさんは客席におり、前方の舞台を見ていた。客席には他に誰もいない。照明テストだろうか。左奥の天井に吊られた照明が、青いセロファンを通した光を右奥に向けている。その照明の下には椅子があり、見知らぬ女性が座っていた。舞台の手前際のフットライトが、赤い光をその女性の足下に投げていた。女性が軽く手を上げると、赤いフットライトが消えた。頭上からの青い光を受けた女性の顔が、なぜか赤黒く見えた。気味の悪いメイクをするなあ、とIさんが思っていると、青い照明も消えて、がつん、と重い音がした。

舞台に蛍光灯の明かりがついた。と同時に、椅子に座っていた女性が倒れているのが目に入った。傍らには、電球の割れた照明が落ちていた。Sが駆け寄り、女性を抱きかかえた。

その女性は青い目に白い肌――あのマネキンだ。「救急車を！」とSがIさんに向かって怒鳴《どな》った。Iさんはマネキンが大怪我を負ってしまったと思い、無性に悲しくなり――。

Iさんは目を覚ました。目の前の椅子にはマネキンが座っている。うたたねをしてしまったのだ。携帯電話で時計を確認すると、朝の七時になっていた。

「やばいっ。まだ作業が途中だった！」

Iさんはマネキンの衣裳を確認した。しかしそれは、友人に注文された通りに仕上がっている。

おかしい。自分は作業の途中で寝てしまったと思ったが……。誰かが手助けに来てくれたのだろうか。だが、そんな記憶はない。狐につままれたような気分のまま、Iさんはとりあえず空腹を満たすためにコンビニに向かった。

午前十一時。役者とスタッフが集合し、照明と音響を入れての本番さながらの稽古が行われることになった。

「天井の照明とか、大丈夫だよな」

Iさんは S になにげなく言った。すると、S は「ちょっと始めるのを待って」とみんなに言うと、舞台スペースの隣にある道具部屋から脚立を引っ張り出してきた。そして、おもむろに舞台左奥の天井の照明を調べ始めた。

Iさんは昨夜に見た夢を思い出した。

舞台左奥の照明が落下し、椅子に座っていたマネキンにぶつかってしまった時の悲しさとが甦った。そしてふと、Sも同じような夢を見たのだろうか、と思った。

「おい、なんだよこれ」

脚立《きゃたつ》の上で、Sがわめきだした。照明係の男に怒鳴っている。

「なんでチェックしてねえんだ。落ちたらどうするつもりなんだよ。ええ?」

照明係は脚立に駆け寄り、腕を組んだ。

「天井の照明、昨日全部チェックしたんすけど」

「じゃあ、なんで緩《ゆる》んでるんだよ」

Sは脚立から下りてきた。その足下にはバミリテープが貼られている。最初のシーンで、女優が立つことになっている場所だ。もし照明が落ちてきて当たったら、大事故になる可能性がある。

照明係はIさんの方を見た。

「そういやあ、地下の作業スペースで昨日誰か泊まってたってなあ。おい、なんか知らねえのか?」

怪聞通信

竹書房ホラー文庫
2015年7月号　発行:(株)竹書房

★今月の新刊

「超」怖い話 乙《きのと》

松村進吉／著　定価 本体640円+税

90年代に産声をあげ、何度死んでも不死鳥の如く
甦ってきた伝説の実話怪談シリーズ。
ガチ怖の血脈を受け継ぐ五代目編著者松村進吉が
魂を削って突き立てる恐怖の爪痕!

ISBN978-4-8019-0388-3

怪談実話競作集 怨呪

定価 本体640円+税

渋川紀秀、葛西俊和、真白圭／著

誰が一番怖いか? 誰が一番怪を体験しているか?
誰が一番死に近いか? 「死」に触り、「死」を嗅ぎ、
「死」から抱きしめられる…新人3人、
血みどろの実話怪談決戦!

ISBN978-4-8019-0389-0

恐怖箱 切裂百物語

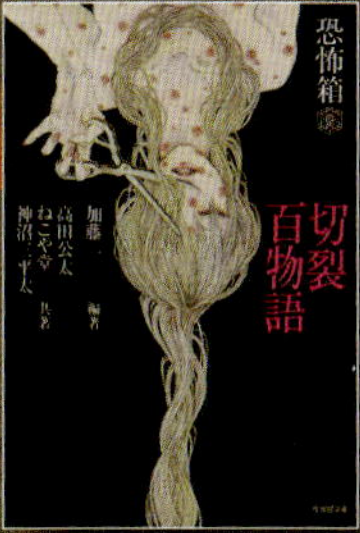

加藤一／編著　神沼三平太、高田公太、
ねこや堂／共著　定価 本体640円+税

ショッキング、不気味、不思議、阿鼻叫喚…
鋭利な恐怖が薄皮を裂き、脳がピクピク痙攣する!
神経をザクザク切り刻み、心臓が悲鳴をあげる
100の絶叫怪談!

ISBN978-4-8019-0387-6

遺物二題

高田公太

死してなほ

突如テレビが消える。

四歳の娘が母に不安そうな目を向ける。

〈ふふふ……〉

姑の笑い声が部屋に響くと、娘は母に抱きついて、小さな身体を震わせる。

いつになったら、この嫌がらせは終わるのだろう。

亭主に不平を漏らしても、仏壇に手を合わせてブツブツと亡者に泣き言をいいだすばかりだ。

〈……ふふふ〉

笑い声が止むと、テレビが再びつく。

あんな仏壇、燃えてしまえばいい。

道場

古武術家の海堂さんから、妻が聞いた話だ。

とある道場の片隅に、険しい表情で正座する武士の姿がある。

見える者には見え、なんなら話しかけると応答する場合もあるという。

「そこで何をしているんですか?」

時折、道場に訪れた物好きな修行者が武士にそう訊ねる。

返事は決まって、

「私は一生涯修行の身です」

というものだそうである。

その道場には一時期、妙な匂いが充満していた。どんな匂いとは形容しがたいが、とにかく臭かった。

同じ時期、夜間の部の稽古へ一番乗りで来た者の何人かが、道場で大鎌を振り回す巨漢の男を見た。

道場の灯りを点けると、大鎌の男はパッと姿を消す。

そして、やはり臭い。

修行者の間で大鎌の男の目撃譚が報告されなくなると、匂いは消えた。


次回は我妻俊樹さんです、お楽しみに!

Iさんは昨晩のことを思い浮かべた。俺は昨夜はずっと作業スペースにいた。舞台スペースには足を踏み入れていないはずだ。いや……。

Iさんは背中に冷たい汗を感じた。昨夜のことは曖昧《あいまい》だ。なにせ、途中までしかやっていなかったはずの衣裳が出来上がっていたのだ。自分が寝ている間に、やはり誰かが手伝ってくれたのだろうか。その誰かが、照明をチェックするつもりで緩めてしまったのだろうか。だが、誰かと言っても、あの場には自分しかいなかった。いや、自分とマネキンしか……。

照明係の厳しい視線に耐え切れず、Iさんは目を逸《そ》らした。Sが口を開いた。

「そいつには無理だ。道具部屋の鍵は俺が持ってたんだから。脚立を出さなきゃ、この天井の照明には手が届かねえだろ」

照明係は気まずそうにIさんから視線を外し、Sを鋭く見つめた。

「Sさん、本当に照明、緩んでたんすか？　言いがかりなんじゃないっすか？　そういやあ、スタッフの報酬の話がうやむやなままだったなあ」

「んだとお？」

Sと照明係の言い争いがはじまった。数分後、照明係はふざけるな、と怒鳴って劇場を出て行ってしまった。Sは不意に黙り込み、他の天井の照明を調べ始めた。他の部分には異常がないようだった。だが、重苦しい雰囲気が立ち込めている。

Sは稽古の中止を宣言した。

「せっかく今日に間に合わせるようにやってもらったのに、すまない」

みんなが帰って二人きりになった時、SがIさんに頭を下げた。肩を落とすSに、Iさんは昨晩あったこと、見た夢について話した。Sは無言で首を振り、舞台の隅に置かれていたマネキンを抱き上げて、出て行こうとした。

「おい、どこいくんだよ」

「やっぱ、俺にはこれ使うの無理だったわ」

Sはそう言うと、抱き上げたマネキンを乱暴に壁にぶつけた。

「おいおい、別にその子のせいじゃねえだろ」

Iさんは思わず「その子」と言ってかばった。なぜか、マネキンがSに乱暴に扱われるのを悲しく思った。

「いや。全部こいつだ。こいつが悪いんだよ。どうせ昨日も動いたんだろ？　え？」

Iさんは縫いかけの衣裳が完成していたことを思い出し、ぞっとした。縫ったのは、マネキンの彼女自身なのかもしれない、と思ったのだ。

肝心の集客がうまくいっていなかったこともあり、結局その舞台は中止された。

数ヶ月後、IさんはSの部屋を訪ねた。Sと連絡が取れなくなったのを心配したのだ。部屋には、舞台に使うはずだった古ぼけた木製のテーブルとあのマネキンが、埃だらけになって残されていたが、Sはいなくなってしまった。

Iさんは後日、知り合いから、Sが舞台に関わることを辞めてしまったと聞いた。

「あのマネキンがいけないんだ」

Sはしきりに恨み言を言っていたという。

照明の固定器具の緩みの原因は、今でもわからないという。あの照明係のせいなのか、Sのせいなのか、それとも、Sの言うようにあのマネキンのせいなのか。

「少なくとも、Sは絶対に間違っていますね。彼女が、あ、マネキンのことですけど、あの舞台の危険から僕らを救ってくれたんですよ。彼女を疑うなんて、どうかしてる」

マネキンのことを語る時、Iさんの顔はまるで愛しい恋人のことを話すようにうっとりする。この話をIさんの部屋で聞いている間じゅう、Iさんのすぐ後ろにいる、金髪をきれいに手入れされピンク色のワンピースを着た白い肌のマネキンが、私に向かって微笑んでいた。Sさんの部屋から譲り受けたとIさんは言っていたが、本当かどうかはわからない。

Iさんがそのマネキンに、どこまで気持ちを支配されてしまったのか、私はそれが気になっている。

公園の夜警

「他に仕事のあてもないので、派遣会社に振られた仕事はなるべく断らないようにしてるんですけどね。あの公園にだけは行かないよ、って会社に言ってるんですよ」

四十代半ばの町田さんは、警備員派遣会社に登録し、警備員のアルバイトをしている。

「轢死《れきし》者が視えるっていう噂の駅での自殺者対策の巡回とか、死んだ作業員が来るって噂のビルの夜間入館管理とか。他の人が『出る』って言ってる現場はいくつかあるんだけど、そういう所はわりと平気なんですよ。ただ、あそこの公園だけはね」

六年ほど前、まだ三十代だった町田さんは、都内にある大きな公園での夜間巡回の仕事をしていた。

「公園の中にトイレがたくさんあって、冬場なんかは浮浪者が暖を求めて入ったり。あとは泥酔者が個室でぶっ倒れてたりね。まあそういうのならいいんですけど」

その日の夜、町田さんは公園内にある【警備員待機所】という看板の付いた小さなプレハブ小屋に着いた。ドアを開けると、ヤニで歯が茶色くなった白髪の警備員がにこやかに話しかけてきた。業務は、現場に通い慣れたBという名の五十代の警備員と二人一組で、夜の公園を自転車で巡回する、というものだった。夜十二時からの六時間勤務で九千円。おいしい仕事だ、と町田さんは思った。待機所の中には、事務机が一つ、背もたれ付きの錆ついたパイプ椅子が三つ、奥には薄い布団が敷かれたベッドが置いてあった。

「メインはね、トイレ内の確認だよ。個室で時々首吊りがあるから」

冗談のような口調で、Bさんが言った。以前は大きな商社に勤めていたが、忙しい仕事がいやになって、警備員になった、と自己紹介をした。

町田さんはBさんにまつわる噂を思い出した。若い警備員を怖がらせ、おいしい夜勤の仕事に入らないようにする。あるいは、気味の悪い場所にわざと一人で行かせる、という噂だった。

Bさんに促され、町田さんは公園の地図を見た。大きな池のある公園には、七ヶ所の公衆トイレが設置されている。女子トイレも含めて、声をかけ、人のいないことを確認してから、中を一つひとつ確認するという。

「一時間半ごとに一度、見回りに行って、帰ってきてから報告書を書く。会社からは、必ず二人で回れって言われたでしょ」

「はい」

「以前はね、一人で回ってたんだよ。交替でね。そうすればもう一人は休めるでしょ。でもね……」

Bさんはそこまで言いかけると、咳払いをして、報告書に氏名を記入するように町田さんに促した。

やがて巡回の時間になった。町田さんはBさんから自転車の鍵を渡された。警備員用の粗末な自転車は、お世辞にも乗り心地がいいとは言えなかった。先に行くBさんに距離をつけられないよう、町田さんは息を上げながら自転車をこいだ。

公園内に立ち並ぶ巨木に街灯や月の光が遮られ、公園には深い闇が広がっていた。自転車の頼りないライトは闇に吸い取られて、ほんの数メートル先しか照らしてくれない。タイヤは空気で満たされているものの、ところどころで木の根や石に当たって軋《きし》んだ。

待機所ではにこやかに話しかけてきたBさんは、巡回中は口数が極端に少なくなった。

町田さんはその後ろを黙ってついていった。

トイレスペースは白いコンクリートの壁で覆われていた。

失礼します、とBさんが声をかけ、ペンライトの明かりを向けながら中に入った。個室を一つずつノックし、扉を開けて中を確認する。冬になると、ホームレスが中に入って寒さをしのいでいることもあると聞いた。床の青白いタイルの隅に、濡れた木の葉が溜まっているのが見えた。

Bさんの頭には公園内の地形がすっかり入っているようだった。巡回は滞りなく進んでいた。

「花見の時期なんかはよお、明け方まで酒飲んでる人たちもいる。夏には花火をやるガキどもでうるせえんだよなあ」

それまで黙り込んでいたBさんが、急に喋り出した。さっきは押し黙っていたのに、無理にでも明るくしたい理由でもあるのだろうか、と町田さんは思った。

「あとはよお、あの七番トイレが終われば、あとはしばらく待機だ。ああ、めんどくさい、めんどくさい」

Bさんのだるそうな声を聞きながら、町田さんは七つ目のトイレスペースに近づいた。

男性用トイレの個室を、二人で手分けし、確認し終えた。特に異常はなかった。女性用のスペースから壁の外の闇にペンライトを向けた時、町田さんは息を呑んだ。人影に気づいたのだ。輪郭が白く浮かびあがっていた。背が低くて、髪が長い。黒いワンピース……。女性か？と思ったとたん、人影は消えていた。

「何も見なかっただろうな」

Bさんが急に怒ったような口調で尋ねてきた。勢いに気圧され、町田さんは黙ってうなずいた。

その後、二人で警備員待機所に戻った。Bさんは目をこすりながら、報告書を書いた。それからもう三回、巡回をした。二回目以降は特に変わったことはなかった。

翌日、町田さんは勤務実績書を会社の事務所に提出しにいった。そこで、昨日の現場で一緒になったBさんと出くわした。

Bさんは、町田さんを人のいない喫煙スペースに引っぱりこんだ。

「覚悟しといた方がいい。君も見落としを怒られるぞ」

「見落とし、ですか？」

「今日の朝、七番トイレの個室で首吊りが見つかった。見回りをさぼったんじゃないかって、俺もさっき怒られたよ」

町田さんはその時、七番トイレの近くで女性らしき人影を見たことを思い出した。

「首吊りって、女性ですか？」

「いや、若いサラリーマンだって。かわいそうにな。そんなに会社勤めが苦しかったら、やめちまえばいいのになあ。俺たちみたいに哀れなフリーアルバイターでも、一応生活はできんだからよ。なあ？」

若いサラリーマン……？

町田さんは戸惑った。では、昨日見たあの女は何だったのか。ただの見間違えなのか。

「君に昨日話したっけ？　なんで二人で回ることになったか」

町田さんは首を振った。

「まあ、君は何にも見なかったみたいだから、話しとくわ。実は、あの現場で一人で巡回させてた学生が、ある日突然、連絡が取れなくなってな」

Bさんは煙草に火をつけた。ゆっくりと煙を吸い込んで、吐き出しながら、Bさんは顔に皺を寄せ、唇を震わせた。町田さんは、意地の悪いBさんが若手をわざと怖がらせていた、という噂を思い出した。

「そいつ、なかなか帰ってこないから、俺が見回りに行ったんだ。そしたら、七番トイレの脇で倒れてたよ。青白い唇を震わせながら言うんだよ。顔が細長くて青い、黒いワンピースの女に追われた、って」

町田さんは首筋に冷たい汗を感じた。

黒いワンピースの女は、自分も昨日、確かにあそこで視ている……。

「俺は学生君に、そんなの見間違えだ、って言ってやった。けどよ、その学生は、そのまま来なくなっちまった。会社の内勤連中も困ってたよ、まったく連絡とれなくなったって、登録されてた緊急連絡先に電話しても、つながらないんだってよ」

Bさんは震える指で煙草を揉み消した。

「お前も、急にやめたりすんなよ」

町田さんの肩を軽く叩くと、Bさんは喫煙室を出て行った。

「自分は霊感とか、全然ない方なんですけどね。でも、今度あの公園に行ったら、ちゃんと視ちゃうと思うんですよね、ワンピースの女の青くて細長い顔を。連絡とれなくなった学生君みたいになりたくないですからね」

だから、どんなに会社に頼まれても、あの公園にだけは二度と行きません。町田さんは苦笑いを浮かべた。

親友の訪問

週末はクラブで遊ぶという松岡さんから聞いた話。

「その子、時々夜中に私の部屋の前に来て、ドアを叩くんです。はっきりわからないんですけど……」

「え？　わからないっていうのは？」

私がそう問うと、「変な話なんですけどね……」と松岡さんが話しはじめた。

松岡さんには、Sという昔からの親友がいる。二人は互いの部屋を何度も行き来するような仲だった。そのSの様子が、二ヶ月ほど前から変わってしまったという。Sは「久しぶりに彼氏が出来た」と嬉しそうに松岡さんに話していたばかりだった。

「Sは、Tって子が、自分の部屋に来るっていうんです」

松岡さんとSは、一年前、共通の友人であるTを病気で亡くしていた。

「亡くなったTが、気をつけて、あなたも私と同じように殺される、ってSに言ったそうです。Tは病死だったので、殺されたわけではないはずなんですけど」

松岡さんと会う時でも、Sは周りを警戒して小声で話していた。

「あいつらがどっかから監視してる、って言うんです。私が携帯を触ったり、トイレに行ったり、テーブルの下に手を下げたり、手を後ろに組んだりするだけで、今誰かと連絡を取ったでしょ、ってSは勘繰ってきて。前はそんなことを言う子じゃなかったのに」

Sの体が急に痩せたように見えたのも気になった。Sは彼氏のためにダイエットをしている、と言っていたが、食欲自体もない、とも言っていた。さらに、Sは汗を掻きやすくなっていた。

松岡さんはSのことが心配になり、大学院で精神病理を研究している友人に相談した。その友人は、Sが違法薬物を使用したせいで、食欲が減退し、統合失調症に似た症状に陥っている可能性がある、と言った。

「私びっくりしちゃって。Sに、彼氏のことについて訊いてみたんです。合コンで出会った普通の会社員だっていうんですけど。私が根掘り葉掘り聞こうとすると、邪魔をしたいの？　とか、嫉妬してるの？　とか言って、怒っちゃいました」

その数日後、Sから電話が来た。助けて、殺される、とSは絶叫していた。

松岡さんが急いでSの部屋に駆けつけると、白い壁に包丁が突き刺さっていたという。S本人はいびきをかきながら眠りこんでいた。香料がやたら強いガムのにおいがどこか漂ってきた。松岡さんはにおいをたどり、トイレのドアの前に着いた。思いきってドアを開けると、サイケデリックな幾何学模様が書かれたパッケージが便座の水面に浮かんでいた。松岡さんは危険ドラッグについて報じるニュースを思い出した。

「Sの顔を叩いて起こしました。薬物のことを訊くと、彼氏から貰った、と言っていました。彼氏のことを嬉しそうに語った直後、急変して、彼氏が腕枕をする振りして絞め殺そうとしてくる、とか、あなたも頭のおかしいヤクザに買われたんでしょ、とか言って泣くんです。私は彼氏を問いただしてやろうと思って連絡先を訊いたんですけどね。彼氏はヤクザに連れ去られて帰ってこない、っていうんです。そういう支離滅裂なことを口走った後、目をつぶって静かになった、と思ったら、急に暴れ出して、壁の包丁を取ろうとしたりして」

松岡さんは身の危険を感じてSの部屋から飛び出した。

Sを助けたいとは思ったが、どうすればいいのかわからなかった。警察に通報しようかと思った。だが、Sが逮捕され、犯罪歴が残ったりしたらかわいそうだと思い、やめた。

Sの家族に連絡しようとも思ったが、家族の住所や電話番号を知らなかった。

結局そのまま、Sの部屋に戻る勇気もなく、松岡さんは憔悴して自宅に戻った。


その二日後、Sから松岡さんに電話がかかってきた。

「どうして私を捨てたの？　あいつらに洗脳されたの？　私を死なせたいの？　そんなことを言い続けてました。私が何を言っても、Sには聞こえていないようでした。死んでやる、とSが言ったあと、電話が切られてしまって」

松岡さんは慌ててSの部屋を訪れた。Sの姿はなかった。以前包丁が刺さっていた壁には様々な形の傷が付いていた。

「それからは、Sに電話やメールをしても、返事がまったくこないんです」

松岡さんは両腕をさすった。

「時々、夜中にドアを叩く音がすることがあって。ゆっくり、三回。叩き方で、Sだってわかるんです。急いで玄関に行って覗き穴から確かめるんですけど、誰もいないんです。昔だったら、覗き穴に向かって変顔をしてくれたんですけどね。ドアを開けて確かめても、いなくって」

松岡さんは鼻をすすり、しばらく黙り込んだ。

「あの子が生きてるかどうかもわからないけど。ちゃんと謝りたいですね。あの時逃げださずに、強引にSの手を引っ張ってあげてたらって、すごく後悔してます」

佐伯さんの親切

都内の病院に勤めて二年になる、介護ヘルパーの田中さんから聞いた話。

田中さんの先輩に佐伯さんというヘルパーがいた。三十代後半で、シングルマザーだった佐伯さんは、いつもシフト表通りに帰ると決めていた。急患が来て忙しかろうが、新人の教育に同僚が苦労していようが、自分の生活のペースを崩さない女性だった。

仕事はてきぱきとこなし、医者や看護師からの信頼も厚い人だった。だが、シフト表よりも長く仕事をするような面倒見のいい同僚からは、あまりよく思われていなかった。

「その佐伯さん、視えるタイプらしくって」

田中さんいわく、女性の看護師やヘルパーの中には、三十人に一人ほどの割合で、患者の死期を察知する人がいるという。

「でもそういう人って、自分からはあんまり視えるって言わないんですよ。偶然を装うっていうか。周りから不気味がられたりするじゃないですか。入ったばかりの若い子が、視えるって自称することがあるんですけど。そういうのは逆に目立ちたいから言ってるだけで、たいして視えてないんですよね」

ある時の夕方、夕番勤務だった田中さんは、佐伯さんがいるのを見て驚いた。朝番の佐伯さんはもう帰っている時間のはずなのに。

田中さんは佐伯さんの家の事情を知っていたので、声をかけた。

「佐伯さん、まだ作業残っているんですか？　私やりましょうか？」

「いいの。今日はちょっと残る」

佐伯さんはいつも表情の冷たい人だった。しかしその時見た佐伯さんの大きな瞳には、悲しみが滲《にじ》んでいたという。

「大丈夫ですか？　何かあったんですか」

「これからあるのよ。だから」

佐伯さんはそう言って立ち去った。

田中さんは噂を思い出した。

佐伯さんは死の予兆を感知できるらしい――。

休憩時間中、田中さんは病棟を歩いて回った。そして、同僚ヘルパーや看護師さんに、「今日、どなたか危ない人、いるんですか?」と聞いていった。

危ない人、とは、亡くなりそうな人、という意味だ。だが、誰に聞いても、危なそうな人はいないない、と返ってきた。

病棟の誰かが亡くなりそうな時、病院は独特の緊張感に包まれる。

医者は死亡診断書を書く準備をする。医者の中には、死因をあれこれ考えて書く面倒を嫌がり、診断書を書く作業を後輩の医者に丸投げする人もいる。看護師はご遺体の処置を施す準備をする。ご遺族を病院に呼んだり、時には取り乱す遺族をなだめることもある。看護師の中にも、やはりそういう仕事を嫌がって、後輩に仕事を投げる人もいる。

しかしその時の病院には、患者さんの死亡に備えるような気配はなかった。

休憩が終わり、別の作業に戻った田中さんは、突然佐伯さんに話しかけられた。

「あんまり他の人に話さないで。外れる時もあるから」

田中さんは、危ない人がいるかを聞いて回ってしまったことを思い出した。佐伯さんに真面目な顔で言われ、田中さんは深く謝った。

それからおよそ一時間後、病棟が騒がしくなった。

田中さんは別の看護師から、ある部屋の患者さんの病状が急に悪化し、危篤に陥ったと聞いた。

「あっちは私が回るから。あなたは決まった仕事を続けて」

振り向くと、佐伯さんが田中さんに向かって力強くうなずくのが見えた。ちょうど田中さんは投薬チェック作業をしたので、手が離せないな、と思っていたところだった。

「佐伯さんのあまりのタイミングの良さに、寒気を覚えましたね。でも、この人親切なんだな、とも思いました」

その直後、危篤に陥った患者さんが亡くなったと聞いた。

患者の急死による病院の慌ただしさがおさまった後、田中さんは佐伯さんに訊いてみた。

「あの日、急に亡くなること、わかってたんですか？」

田中さんは心霊現象を体験するようなたちではなかった。怪異を感じる能力についても信じていなかった。昔、田中さんの叔母が霊感商法に引っかかったことがあり、田中さんは霊能力者を自称する人を疑うようになっていた。

偶然ではないか。あるいは、ちゃんとした理由があるのではないか。

黙ったまま大きな瞳で見つめてくる佐伯さんに、田中さんは続けた。

「あの患者さんと、個人的にお知り合いだったとか？」

「あなたはそういうのないんでしょ。だったら気にしなくていい」

「教えて下さい。佐伯さんは患者さんのことを――」

「あの患者さんのことは知らなかった。ただ、視えただけ」

「何が視えたんですか？」

「もういいでしょ」

佐伯さんは足早に立ち去ってしまった。

田中さんは、仲のいい先輩看護師の富山さんを呼びとめた。富田さんは勤務六年目で、佐伯さんのことを昔から知っていた。

「あの人はね、よく当たるのよ。具体的に何が視えるのかは知らないけど」

「偶然じゃないんですか？ 私正直、そういう能力、嘘じゃないかって思うんです。たまたま当たっただけ、というか」

「じゃあ、今日佐伯さんがわざわざ勤務時間外に残ってたのはどうして？ あの人、決まった時間までしか働かずに、終わったら家に帰りたい人でしょ？ きっと、何かあったのよ」

「富山さんは、佐伯さんの能力を信じてるんですか?」

「私も、たまに視えることあるからね。佐伯さんほどはっきりしてないけど」

田中さんは、いつも優しく明るい富山さんの意外な言葉に驚いた。

富山さんは苦笑いを浮かべた。

「ほらあ、そういう顔されるから、あんまり言いたくないの。予兆があっても、医学的には異常はないことがほとんどだし」

富山さんが急にいつにない真剣なまなざしを向けてきたので、田中さんは気圧された。

「好奇心だけでそういうの訊くと、後悔するよ。私もね、最初は全然視えなかったの。でも、看護師のSさんいるでしょ。彼女も危なそうな人がばっちり視えるんだけどね。何が視えるのか、彼女から詳しく聞いちゃって。それから、ちょっとずつね」

田中さんは、富山さんがふと視線をずらすのを見た。後ろを振り返ると、廊下の角にある病室の窓が見えた。富山さんはあの窓を見たのだろうかと思った。

「視えるようになって困ったら、相談しにきて」

二日後、廊下の角にある病室の患者さんが亡くなった。

それ以来、田中さんは病室の窓を見るのが怖くなった。妙なものが視えたらどうしよう、と心配になってしまうのだという。

「あれから私もいろいろ体験してしまって。視界の隅っこに部屋の窓が入るだけでも嫌ですね。時々、黒い球のようなものが視える気がするんです。周りにカラスの羽みたいなのがびっしり生えてて。まあ錯覚だと思うんですけど。そういうのって、別に誰でもありますよね。視えるようになると嫌なので、はっきりとは見ないようにしてます」

早く気づいてあげられたら

「私、Sさんのこと誤解しちゃってたんですよ」

看護師の武田さんが残念そうに言った。武田さんは、「佐伯さんの親切」の話を聞かせてくれた田中さんと同じ病院に勤めている。

「Sさんのこと、すごい悪い人みたいに思っちゃって」

Sさんというのは武田さんが勤める病棟にいる後輩の看護師だ。Sさんは新人看護師の悩みを丁寧に聞いてあげ、同期や先輩の愚痴にも優しくつき合うような人だという。

だが一方で、Sさんには妙な噂があった。看護師長に、仕事上のミスを見逃してもらっているらしい。あるいは、シフト表に口を出し、自分が嫌いな看護師とペアにならないように取りはからってもらっている、という噂だった。

実は、Sさんは同僚の悩みや愚痴を看護師長に逐一報告し、その見返りを受けている、というのだ。

そういう噂を武田さんは、最初は信じていなかった。しかし、自分が担当する患者の好き嫌いについて、看護師長に注意されたことから、噂を信じはじめていた。患者の好き嫌いについては、Sさんにだけしか話していないはずだった。

噂を信じるようになったあとも、武田さんはSさんと仲良くし続けた。Sさんは普段から明るく、人懐っこい性格だった。それに、武田さんとSさんには、交際している男性と結婚間近、という共通点があった。弱みさえ握られなければいい、と武田さんは考えていた。


ある時、Sさんが急に二、三日休んだ日があった。後日、武田さんがSさんに理由を尋ねると、Sさんは涙を流しながら語った。

結婚間近だった男性が急に亡くなってしまったという。死因は致死性不整脈だった。男性はプログラマーで、プロジェクトの完了間際、コーヒーをたくさん飲み、体に鞭を打ちながら仕事を続けていたという。

帰りが遅くなった彼氏が、他の女性と交際しているのでは、とSさんは疑っていた。だが彼氏の死後、彼氏が遺した日記帳を読んで号泣したという。日記帳には、激務に追われながら、結婚資金を溜めるために少しでも早く出世したかった、とつづられていたという。

「私があの日、早く気づいてあげられたら」

Sさんはそう言って泣き崩れた。Sさんが帰宅した時、同棲していた男性は心停止して間もない状態だったというのだ。

結婚直前にパートナーを亡くしたSさんに、武田さんは深く同情した。

その数日後。武田さんは先輩看護師からある噂を聞いた。

Sさんは、結婚直前だった恋人の浮気に悩んでいたという。

武田さんは混乱した。Sさんからは、恋人の浮気を疑っていたが、それは誤解だとわかった、と聞いていたのに。

武田さんが反論すると、先輩看護師は皮肉な笑みを浮かべた。

「あなた、Sの言葉を本当に信じてるの？　その話は私も聞いたわ。だけど、彼女が何のためにそんな話をしたのか、つい勘ぐりたくなっちゃって。だいたい、最近の若い男の子が、日記帳なんて遺すと思う？」

どうやらその先輩看護師は、Sさんの被害者らしかった。ここだけの話、と断って愚痴を言ったら、数日後、それが看護師長に伝わっていたのだという。

「亡くなっちゃえば、反論できないからね。生きてる方はなんとでも言えるわ。Sは恋人と同棲してたでしょ？　過労状態なのもわかってたはずだし。不整脈の予兆を全然感じなかったって、おかしいでしょ。あの子、あえて助けなかったに決まってるわ。きっと、恋人が亡くなった時、見殺しにしたのよ」

先輩看護師は続けた。

「他の人に聞いたんだけどね。彼氏の葬儀に行ったら、Sよりも泣いてる若い女がいたんだって。で、右腕にブランドもののブレスレットを付けてて、それがSの誕生日プレゼントとまったく同じ物だったんだって。あの子絶対、そういう彼氏を呪ってたんだよ。自分で薬を飲んで中絶した、って話もあるよ。まだ子どもは早いって彼氏に言われて、捨てられないためにやったんだって」

武田さんは先輩看護師の話を信用していいかどうか迷った。念のため、Sさんに対しては用心するようにした。

ちょうどその頃、武田さんは恋人と正式に結婚を決めた。妊娠がわかったのだ。だが、Sさんにはそれを伝えなかった。Sさんの前では、笑みを浮かべることさえ控えた。

「妬みを受けるのが嫌だったんですよね。もし、先輩の話が本当だったら、って思ったら、やっぱりちょっと怖くって。あと、霊が視える、って周りからも思われている同僚が、Sさんの右肩の後ろに若い男がいる、って言ってたこともあって。でも私、間違ってました」

ある日、武田さんはSさんから祝福を受けた。Sさんは他の同僚から、武田さんが妊娠したことを聞いたという。

「彼女、目一杯の笑顔で祝福してくれたんですよ。なんで教えてくれなかったの、水臭いなあ、って笑いながら。それで、久しぶりに二人で休みの日にランチに行くことになったんです。彼女のことを誤解してた自分が馬鹿みたいに思えました。もし、Sさんの肩の後ろに男の霊がいるとしても、それは亡くなった彼氏がSさんを見守ってるってことだと思うんですよね」

その後、武田さんは致死性不整脈について調べた。そして、前触れもなく突然に発症することもあるのだと知った。

「Sさん、本当に恋人の死を予知することが出来なかったんでしょうね」

武田さんは取材の最後にそう言った。五日前のことだ。

私は武田さんを心配している。取材後に気になったことがあるのだ。

仮にあの先輩看護師の言葉が本当だったら。

Sさんが中絶のために薬を飲んだ、という噂も気になった。看護師の中には、妊婦に関する薬理学に詳しい人もいると聞いたことがある。

さらに心配なことがあった。私は以前に田中というヘルパーさんから話（佐伯さんの親切）を聞いていた。その中で、亡くなりそうな患者の予兆がばっちり見える、Sという名字の看護師が出てきた。田中さんの言う看護師Sと武田さんの言うSが同一人物だとしたら、そのSは死の予兆が見える人、ということになる。

そうすると、彼氏の死の予兆がわからなかった、というSの言葉が疑わしくなる。

武田さんは人の言葉を素朴に信じる性格の持ち主だ。Sさんは本当に、言葉通り、武田さんの幸せを祝福しているのだろうか。

もし、Sさんに、武田さんへの害意があったら。妊娠中の武田さんの身に、恐ろしいことが起きるかもしれない。

私の推測が、取り越し苦労の邪推《じゃすい》ならばそれでいい。さしでがましいとは思ったが、一応、私はメールで忠告を伝えた。

武田さんからの返事はまだ来ていない。私が変なことを言ったので、彼女が私を嫌って、返事をくれない、というのならいいのだが。

そういえば武田さんは、霊が視える、と周りからも思われている同僚の話をしていた。その同僚によれば、Sの右肩の後ろに男がいたという。その男とはやはり、Sに見殺しにされた恋人だったのではないだろうか。

私は今、Sが言っていたという言葉を思い出し、寒気を覚えている。

「早く気づいてあげられたら」

記念撮影

保険会社の三浦さんとは、ヘルパーの田中さんが勤める病院のラウンジで知り合った。

「どんなに偉そうにしてる家長さんでも、亡くなった後は遺族次第になりますからね」

三浦さんは病院で見た、ある不思議な場面を話してくれた。

Mさんという老齢の男性が、亡くなった時のことだそうだ。

「最初にお話ししたのは、亡くなったMさんの娘さんでした。一見おとなしそうな人でしたが、とにかく我を通す人で。医者の書いた死亡診断書を手に、死因がこれこれだから、保険の金額がこれくらいなんでしょ、って言ってきて。やたら死因に詳しくて驚きました」

三浦さんは苦笑いを浮かべた。

「死亡診断書を書いた医者にあとで聞いたら、やっぱり彼女にあれこれ注文を付けられたみたいです。注文通りに書かないと帰らない、ってごねたらしいですよ。お医者さんも、すごく忙しい中で診断書を書くわけじゃないですか。あんまり時間を取られたくないから、遺族の求めに応じる人も多いみたいで。あと、死亡診断書を書く業務は遺族絡みの面倒が多いから、と嫌がって、経験の浅い若い医師を呼んで代わりに書かせるベテランのお医者さんもいるみたいです」

私は以前、田中さんから聞いた、同じような話を思い出した。

死亡保険には、死因によって遺族に渡る保険金が違うものがある。遺族の中には、なるべく多くの保険金を得ようと努力する人間がいるそうだ。

「これは同業者の噂ですけどね。遺族が、話のわかるベテラン看護師さんにお金を渡すこともあるとか。亡くなりそうな身内に都合よく死んでもらうために……」

ベテラン看護師と聞いて、私は佐伯さんのことを思い出した。だが慌てて打ち消した。困った後輩には優しい彼女が、そんなことをするはずがない。

「まあ、死人に口無しですからね。医学的に疑いのない形の場合、保険会社としても決まり通りにお支払いしますけど。あ、あと反対に、無理矢理延命させようとするご遺族もいます。意識のない体をチューブだらけにさせて。長く生きて欲しいからじゃなくて、保険金をもらうのに都合が悪いという事情があるからなんですよね」

私が思わず溜め息をつくと、三浦さんは同情的な眼差しで私を見た。

「ああそうそう、不思議な場面の話、でしたね。あの日は、ちょっと納得いかないことがありまして」

三浦さんは咳払いをして、ラウンジ中央にある白い長机に視線を落として、語り始めた。

「Mさんの娘さんは、父にはとても感謝している、だから父の死を利用するなんてこと、あるわけないじゃない、って言うんですけどね。どうも、自分の考えてる死因をお医者さんに押しつけてる感じがして。お医者さんも困ってましたよ。私はMさんの死因を正確に知りたい、とMさんの娘に言いました。そしたら娘さんが、だったら亡くなった父の体を見に来いと言って、僕の腕を引っ張るんですよ」

三浦さんは彼女に従って、亡くなったMさんのご遺体のある病室に向かった。廊下を進むにつれて、病院には場違いな、にぎやかな声が聞こえてきた。

「僕にちょっと待ってて、と言うと、Mさんの娘さんが病室のドアをちょっと開けて、小声で何か注意してたんです。その隙間から、見えちゃったんですよね」

派手な服装の若者たちが病室のベッドを囲み、ピースサインを作っていた。携帯電話の写真を撮る音が何度も聞こえた。

「たぶん、Mさんのお孫さんたちだと思うんですけど。ご遺体を囲んで記念撮影してたんですよ。はしゃぎながら。ブログにでも載っけようとしてるのかな、と思うと、何だか不気味でしたね」

三浦さんが病室に入ったときには、若者たちは神妙な顔つきになっていた。十代とおぼしき少女は、顔を伏せていたが、その肩がこきざみに揺れている。笑いをこらえていたのだ。黒いドレスを着た、亡くなったMさんの奥さんだけが、床に泣き崩れていた。

「娘さんによれば、Mさんは厳格なお人柄で、家族に厳しい人だったようです。でも、自分が死んだ後の遺族のことをちゃんと心配していたらしいですよ。遺産の整理もちゃんとやっていたみたいです。それなのに、亡くなった途端に、家族にあんなふうに扱われるなんてねえ」

三浦さんが呆れながら病室を出ようとしたとき、「うわ」という短い悲鳴が聞こえた。

茶髪の若い男が、口を半開きにしたまま右手に持った携帯の画面を見つめていた。

「おい、これ……」

さっきまで笑いをこらえていた少女が男の携帯を覗き込み、口を抑えた。他の遺族も、携帯の画面を見た直後、一様に緊張した面持ちになった。

「僕はその画面を見ませんでしたけど。たぶん、亡くなった家長さんが、写真の中で遺族に最後の一喝を与えたんでしょうね」

葛西俊和

TOSHIKAZU
KASAI

葛西俊和（かさい・としかず）
不可思議な現象は私たちの生活する日常と案外近いところに存在するようで、ふとしたきっかけでリンクしてしまうことがあるようです。普段歩く場所にも不可思議なものは存在し、常に私たちを見ています。本書を書くうえで私はそれを実感いたしました。取材先からどうやら持ち帰ってしまったようなのです。数分におきにラップ音が鳴る部屋で、何者かの気配を背中に受けながら、あとがきを書いているのであります。皆様も幽霊にはお気をつけください。

運の糸

元パチプロである雪田さんの話だ。

「規制も厳しいうえに遊戯《ゆうぎ》台の電子制御が複雑になっちまって、今じゃパチプロなんて殆《ほとん》ど見なくなったが、ひと昔前にはどこのホールに行ってもいたもんさ。あの頃はパチンコで車を買ったという話も珍しくないほど店も玉を出したし、客も集まっていたから俺たちみたいなプロも良い思いをさせてもらっていたんだ」

ひと昔前、四号機と呼ばれる遊戯台が主流だった頃の話だ。

雪田さんは遊戯台のクギの状態を見抜いたり、回転数から設定状態を予測できる技量があった分、素人《しろうと》とは違い当たりやすい台か否かを見極めることができた。

雪田さんのように何かしらのテクニックを持ち、勝ち続ける人を周囲の人々は「パチプロ」と呼んでいた。

「とはいえ、いつも勝てるわけじゃない。パチンコというのはクギを読み、台の挙動を見極めても、運がないと負けるものだ。それはいたって普通のことなのだが……」

どんなに店に通い続けても負けることのない、強運を持ったパチプロというのが存在したのだという。

「常連客やパチプロ仲間からはテツさんと呼ばれているじいさんだった。歳は八十を過ぎているのに元気な人で、毎日のようにパチンコ店に通っていた。テツさんは強運の持ち主で、遊戯台の攻略法も知らないのに、何故かいつも大勝ちしているんだ。回収日といって店が台の出を締めている中、一人だけドル箱を積み上げているようなこともあった」

テツさんは人情に厚い人物で、友人が負けているとドル箱を分けてあげたりしていた。パチプロ連中や常連客の多くと付き合いがあり、皆から好かれていた。

雪田さんがテツさんと仲良くなったのも、運の向きが悪く酷《ひど》い負け方をしている雪田さんに、テツさんがドル箱を差し出したのがきっかけだった。

「テツさんは良い人なんだが、変わっているところがあった。それに俺が気が付いたのは、友だちになって最初の新装開店の日だった」

新装開店日の朝になると店の前には新台狙いの行列ができる。

テツさんもその中に並んでいるのだが、開店と同時に誰もが我先にと新台を取り合う中、テツさんは休憩室のソファーに座って煙草《たばこ》を吹かしているのだ。雪田さんは二人分の新台を確保し、休憩室でくつろぐテツさんに声を掛けた。

なにやってんだ、台を取っておいたから早く来いと言うと。

テツさんは笑いながら礼を言った。だが、その台は他の奴にやらせてやれと言う。今は打つ気分じゃないと。

「打つ気分じゃないのならどうして朝一の行列に並んだのかわからなかったが、そこまで言うなら台を確保しておく義理もない。俺は自分の台に戻ってパチンコを打ち出した」

テツさんは新台のシマが埋まる頃になると店内をふらふらと歩き回り、やがて目玉でもなんでもない空き台に腰を降ろし打ち始めた。

「それで大勝ちしているんだからな。不思議な爺さんだった」

テツさんは新装開店の度に同じことを繰り返した。

最初は雪田さんもテツさんの奇行を気にかけていたが、何回も見ている内にあまり深く考えなくなっていった。

「テツさんにはもう一つ変わったところがあった。台を打っているときに寝ているんだ。パチンコは固定打ちという方法があって、ハンドルにコインや紙の切れ端を挟んで玉の出る強さを固定して打つことができる。指先だけがハンドルに当たっていると玉は打ち出されているから、寝ながらでも打てるのだけどな。でも、周囲の騒音で寝ていられるようなもんじゃない」

テツさんは姿勢を正したまま、目を瞑《つむ》り、よく寝ていた。背後から声を掛けたり、背中に触れても彼が意識を取り戻すのは稀《まれ》で、話をするのを諦めて隣の台を打っているといつの間にか目を覚ましていて、話しかけられる。そんなことが多かった。

「年寄りだから耳が遠くなってんのかなとも思ったが、店の外では普通に声を聞き取っているから、どうもそうでもないらしい」

雪田さんの負けが込んでいる時期があった。

その日も大負けし、とぼとぼと店を出るとテツさんが換金所から姿を現して、奢《おご》るから今から一緒に飲みに行こうと雪田さんを誘った。

「気晴らしがしたくて堪らなかったんで、ふたつ返事で行くと応《こた》え、二人で行きつけの居酒屋で飲んだのよ」

酒が回り、ふと、雪田さんはテツさんに聞いた。

新装開店日に新台に座らないのはなぜなのか、あれじゃ意味がないだろうにと。

テツさんは煮魚を食いながら、ぎょろりと上目で雪田さんを見ると、ボソリと言った。

「お前さんは、運の流れを信じるか」

いちおう、ギャンブルで飯を食っている身の上だ。

運というものの存在は信じているし、それが流れ動く瞬間も実感したことがあった。

雪田さんが頷《うなず》くと、テツさんは煙草に火を点けて煙を吐き出しながら、俺も運の存在を認めていると言った。

「これから言うことは他言しちゃいかんぞ」

テツさんは雪田さんの顔の前に煙草を翳《かざ》すと、なにかの真似なのか、妙に芝居掛かった声で言った。

「糸がな、見えるんよ。信じてもらえんかもしれんがな」

テツさんが言うには、新装開店の行列に並んでいると、客の頭の上に黄色い糸が揺らいでいるのが見えるのだという。朝の時点でその糸が客の頭とくっついているのもあれば、ゆらゆらと宙を漂っているだけのものもある。

やがて店が開くと、黄色い糸は客に引かれるようにして店の中に入り込み、台に座った客たちの頭上で漂うのだという。黄色い糸は長さも太さも全部違い、暫《しばら》くの間、宙を彷徨《さまよ》ったかと思うと、引き寄せられるように台や客に絡まり出すのだという。

「最初見たときはぎょっとしたが、不思議と怖いとは思わんかった。黄色い糸は綺麗な色をしていて、ぽうぽうと光っているんだ。それが絡まった奴が次々と大当たりを連発しはじめてな、俺はわかったんだ。ありゃどうも、運の糸ってやつなんじゃあないかと」

テツさんは笑い、勝負の神様があの黄色い糸を垂らしているんじゃないかと言った。

誰にも巻きついていない糸をテツさんは辿るのだという。すると余り物の糸は大抵古い台に巻きついており、そこに座って打っていると宙に浮いた他の糸も集まってくるという。そうしていると大当たりが続く、それで勝てるというわけなんだ。

「運の糸は普段、そんなに飛んでいない。だが、新装開店の日には何故か大量に漂っている。だから古い台を打つんだよ」

とんでもない話なのだが、雪田さんは納得できたという。

「運の流れは体感できるからね。まあ、あんな風にいつも勝っているテツさんなら何か変なものが見えていてもおかしくはないかなと思えた」

糸が少ないという普段はどうしているんだと聞くと、テツさんは少し困ったような顔をして、怒らないと約束するなら教えると言った。話に興味を持ち、気になっていた雪田さんは怒らないから話してくれと催促した。

「実はな……。ちょっとだけ他の人の運の糸を貰っているんだ」

さらに、テツさんが言うには、一年くらい前から台を打っていると耐え難い眠気が襲ってくるようになったという。

「眠気に負けて、目を瞑ると不思議なことが起きた。暗闇の中で何か得体の知れない強い力に引かれるのだ。負けちゃいかんと踏ん張るのだが、力は強く、いつも引っ張り込まれてしまう。すると、自分の背中を見て目が覚めるんだ」

パチンコを打っている背中から自分の頭が生えている。そして半透明の体になって自分の体から飛び出すことができるようになったのだという。

テツさんはそのまま、ホールの中を歩き回るのだという。

半透明の体になると、黄色い糸を掴めるようになっていた。悪いなと思いながらも他の人にくっついている運の糸を少しずつ取って集め、自分の体に巻きつけると、大抵はそこで元の体の中に戻ってしまう。

そうして目を覚ますと、テツさんは台で大勝ちしているというのだ。

「それで声を掛けても応えんことがあったのかと合点がいった。そりゃひどいことをしているなと笑ったらテツさんも笑っていた」

流石《さすが》に貰うだけじゃ悪いからね。儲かったら運の糸を拝借した人のところにドル箱を持っていくんだ。

テツさんとの最初の出会いを思い出し、雪田さんは苦笑いを浮かべた。

テツさん、俺からも運の糸を持っていったのかよ。

「だから怒らないでくれと言ったじゃないの。今は雪田からは持っていってないから、安心しなさいな」

そう言ってテツさんは日本酒を飲み、げっぷを吐いた。

「二人で飲んだ夜から半年後、テツさんは逝《い》っちまった。なんの因果か、俺がパチンコ屋で死んでいるのを見つけたんだ。俺が声を掛けると、いつものように目を瞑っている。でも、その日は様子が違った。いつもより体が小さく見えて、なんだか違和感があってな、俺は不安になって脈をとってみたんだ。死んでいたんだ」

テツさんの顔は死んでいるとは思えない穏やかなものだった。

「テツさんのやつは、魂が抜けて体に戻れなくなっちまったのかねぇ。まあ、ギャンブル好きの好好爺《こうこうや》なら鉄火場《てっかば》で死ねて本望だったのかもしれんな」

雪田さんは今でもテツさんの命日にはパチンコ屋に行き、彼の死んでいた台の場所で打つ。俺なりの弔《とむら》いなんだと雪田さんは言った。

見返り

葉山さんは、神経質なまでに身なりを気にする女性だ。

高級品を好むというわけではないが、身に着ける服や装飾品、香水といった身嗜《みだしな》みを愛しており、自分に似合うものを常に探し続けている。

ファッションや流行に疎《うと》い私が見ても彼女の服装は場に合わせて上手く選ばれ、洗練されているように思える。

ところが先日、久しぶりにお会いした時は少々様変わりしていた。以前から後ろに伸ばして結っていた髪がばっさりと、うなじの辺りまで短くなっていたのだ。

ベリーショートの彼女は、なんだか少し違和感があり、似合っているとは思えなかった。

どうしたの？　と聞くと、彼女は後頭部の髪を指先で弄《いじく》りながら苦笑いを浮かべ、

「不本意だったけど、この髪型が一番マシなの」
と応えた。そして、髪を切った理由を彼女は語り始めた。

会社からの帰り道のことだった。その日は同僚と会社の近くで飲んでいたので、帰路につくのが遅くなってしまった。家の最寄り駅に着いた時には午前〇時を回っていた。早く帰らないと、明日も仕事だ。葉山さんは、はや足で家に向かった。駅から彼女の家までは徒歩で一五分程かかる。途中には街灯もまばらで、ひと気のない場所を通らなければならない。

その場所は、元は活気ある商店街だったのだが、不況の煽《あお》りを受けて閉店する店舗が相次ぎ、今ではゴーストタウン化している。

薄暗い死角も多く、変質者が度々出現するので注意を促す看板も設置されている。葉山さんは自衛のために、いつも護身用のハンドライトを持ち歩いていた。

ハンドライトは軍隊や警察で採用されている高性能な物だ。掌《てのひら》に収まるコンパクトサイズだが、高価なＬＥＤが使われているので、最大五〇〇ルーメンという強力な光を照射することができる。また、ライトの先端には鋭いスパイクが付いており、何者かに襲われた時には握りこんで突くこともできる。

その夜も商店街に入る時に、鞄の中からハンドライトを取り出して点けたという。いかにも荒事向けという無骨なフォルムを持ったハンドライトゆえに、あまり気に入ってはいなかったが、付き合っている彼氏に持たされていたのだ。

ライトで照らしながら夜道を歩いていると、前方にふたつ並んだオレンジ色の小さな光が見えた。周囲は暗く、並んだ光以外は何も見えない。塗りつぶしたような夜闇の中に浮かぶ小さな光は、ゆっくりと近づいて来ていた。

葉山さんは、最初それを二台並走している自転車のライトだと思っていたが、近づくにつれて並んだライトの間隔がやけに狭いことに気が付いた。二台の自転車をこぐ人間たちが肩を組みながらでもしなければあんな距離にはならない。

得体の知れない光に不安を覚えた葉山さんはライトを照射しようかと思ったが、直前でやめた。もしただの通行人なら迷惑になってしまう。自分が持っているライトが目眩《めくら》ましにも使える強力な物だというのを思い出したからだ。

そんなことを考えているうちに、ふたつの光は目前に迫っていた。葉山さんが地面に当てていた光が反射し、暗闇の中から車椅子の初老の男を浮かび上がらせた。

ふたつの明かりは、車椅子の肘《ひじ》当てに装着された前照灯だった。どうやらモーターで駆動する自動式のものらしく、外を走るのを想定してテールランプなどが付いている。

そこに座っているのは白い頭髪を真ん中で分けた、清潔感のある老人だった。彼はにこりと笑うと、葉山さんに「こんばんは」と声を掛けたという。

「目の前に見えるまでは、何が向かって来ているかわからなかったから少し怖かったけど、実際は車椅子に乗ったお爺さんだったからね。私もほっとして、彼に挨拶《あいさつ》を返したの」

葉山さんはそのまま、老人の横を通ろうとした。

すると、老人は車椅子を動かし、葉山さんの前を遮《さえぎ》った。

葉山さんは戸惑《とまど》った。

「あの、何か？」

聞いてみるが老人はにこやかな笑顔のまま、彼女を見つめるばかり動こうとしない。

「すいません、通してもらえませんか」

困惑した顔を浮かべた。すると老人が、

「ああ、失敬。その前にちょっといいですか？」

そう言った後も、何かモゴモゴと口を動かした。しかし、言葉が不明瞭で、葉山さんに

は何を言っているのか聞き取れなかった。やがて老人は顔を上げると、

「いいでしょう？　お願いしますよ」

と、両手を合わせて拝み葉山さんを上目遣いで見た。

「もう一度言って貰えませんか」

葉山さんが言うと、老人は同じように口をモゴモゴさせて、聞き取れない言葉を発している。

老人の様子を見て葉山さんには、いやだなぁ、もしかして深夜徘徊《はいかい》の類だろうかと思った。しかし、老人は顔付きからしてちゃんと自分の意思を持っているようにも感じられる。もしかしたらモゴモゴ言っているのは、困っていることを言うのを恥ずかしがってるのだろうか。それならば力になるべきではないだろうか。

葉山さんは周囲を見渡してみたが、自分の他に人がいる気配も無かった。

仕方がない。葉山さんは車椅子の傍《かたわら》に屈み込むと、言葉を聞き取ろうと老人の口元に耳を近づけた。漬物のような臭いが鼻をついた。

老人は、おおすまんねえと葉山さんに礼を言うと、彼女の耳元で囁いた。

「お願いなんだけど、少し分けてくれやしないかね」

「分ける？　何をですか？」

葉山さんが聞き返した瞬間、髪の毛が強い力で引かれた。不意を突かれた葉山さんは、成す術もなく頭を上反りにされる。後頭部に纏《まと》めて結ってある髪の束を、老人の手が握っているのが横目に見えた。

「やめて！　何するんですか！」

叫んだつもりだったが、上反りになった首では喉《のど》に力が入って、思うように大きな声がでなかった。後ろの髪を引く力が強まり、老人の左手が葉山さんの目の前に掲げられた。手の中には鈍い光を放つ刃が握られているのが見える。それは全長八センチ程の折りたたみ式の剃刀《かみそり》だった。老人は剃刀の刃を見せつけるように葉山さんの喉元近くでひらひらと漂わせると、彼女の耳元に口を近付け、先程と変わらぬ、猫をあやす様な声で囁《ささや》いた。

「動いちゃ駄目だよ。声を出したら死ぬからね」

葉山さんの表情が恐怖に歪むと老人は満足げに笑みを作り、よしよしいい子だからねぇと彼女を見つめた。

老人の、笑いながらも昏《くら》い瞳が葉山さんを見据えていた。その瞳は感情を一切持たない死人のようで、無機質な視線に葉山さんは凍りついた。

口調は穏やかだが、据わった目が底知れない狂気を感じさせる。

この老人は何かあれば容赦《ようしゃ》なく剃刀を引くだろう。こいつは、私のことを何とも思ってはいない。

老人の目つきから感じる警告が葉山さんの頭の中に響き渡り、恐怖を増幅させる。

葉山さんは抵抗することができなかった。

老人は葉山さんに、自分の股間に顔を埋めろと指示した。

嫌だった。だがそれをしないと殺される。彼女は屈んだまま、老人の股間に顔を押し当てた。老人が履いている紺色のスウェットから汗の饐《す》えた臭いと尿の臭いがし、吐き気を覚えたが必死で我慢した。

老人の手が後頭部を触っている。指先を髪に通し、梳《す》いているようだ。次には掌が頭の上を駆け回り、纏めてある髪を掴んだ。

「最近の若い娘は酷い色に染めているが、お前は違う。ちゃんと髪を労《いた》わっている。いい子、いい子だねえ」

ガリッ、ブチッ、という、毛が千切《ちぎ》れる音が頭の上から始まった。

老人は童謡の「ふるさと」を鼻歌で歌いながら、結い髪の束に剃刀を入れている。剃刀を左右に動かすたび、髪は切り取られ、老人の手から溢《あふ》れた髪の毛が葉山さんの頬に触れた。

葉山さんは恐ろしさで泣き喚《わめ》きそうになったが必死で押さえ込み、それを飲み込んだ。我慢しても涙は溢れ、死の予感が全身を駆け巡ったという。

老人の鼻歌が止まると同時に、髪を切られる感覚が完全に無くなった。長く体の一部であった髪を切り取られたという喪失感を葉山さんは強く感じたという。

「顔を上げえ」

葉山さんがおそるおそる顔を上げると、すぐさま老人の手が彼女の頬《ほお》を掴んだ。老人の親指と人差し指が両頬を挟み、力が込められた。老人とは思えない、強い力だ。

人間は頬の筋肉が押し上げられると、金魚の口のように唇が出っ張る。強制的に、葉山さんの口は半開きになった。

そうされたまま葉山さんは、自分の頭部から切り取られた髪の毛の束が剃刀と一緒に、老人の右手に握られて揺れているのを見た。恐怖もあったが、形容しがたい虚《むな》しさと悲しみを覚えた。長年の愛着と自分のプライドを踏みにじられた感情が心を締め付けた。

老人は髪の毛の束を、車椅子の側面に取り付けられた収納袋に入れながら言った。

「良い髪を持っている。また分けて貰いにくるから伸ばしなさい」

同時に、右手に握りこんでいた黒い飴玉のような塊《かたまり》を、流れるような動作で葉山さんの半開きになった口へ押し込んだ。

黒い塊ごと老人は親指の根本まで葉山さんの口内へと押し込み、彼女が抵抗する前に喉奥に転がり込ませてしまった。

不意に老人の両手が葉山さんから離れ、彼女は自由になった。

咄嗟《とっさ》に、何度か喉に力を入れて口に入れられた物を吐き出そうとしたが、それは食道を通り、既に胃の中へ落ちていた。

いくら力んだところで、出るのは唾液と涙だけだった。

口元を拭い、はっとして顔を上げると、もはや老人の姿はどこにも無かった。

そんな馬鹿な。商店街の通りは直線になっているのだ。こんなに早く何処《どこ》かへ行ける筈がない。

葉山さんは周囲を見渡すが、車椅子はおろか人影ひとつ見当たらない。老人は痕跡ひとつ残さずに消えてしまった。

夢でも見ていたのだろうか、彼女は呆けた気持ちになり、後頭部を擦る。束ねていた髪の毛がないことだけが、老人との遭遇が現実のものだったと知らせていた。

警察に被害届を出したけれど、結局犯人はわからなかった。

話を聞き終え、ほほう、そんな不思議な出来事に遭って髪型を変えたのか。そりゃ災難だ、と私は思い切り他人事のように笑うと、葉山さんにテーブルの下で脛《すね》を蹴られた。

髪は女の命だと彼女は憤《いきどお》り、髪型を直す苦労や知り合いに説明する面倒臭さをひと通り愚痴《ぐち》ると、急にしょげた顔になった。

「だけど、まだ不思議なことがあってね」

後日談があるという。

不審な老人に髪を切り取られ、一週間ほど経った日のことだ。

朝、出勤しようとした彼女は、猛烈な腹痛と吐き気に襲われそのまま意識を失ったという。目を覚ました時、彼女は近所の病院のベッドに横たわっていた。葉山さんは実家に住んでいて、倒れている彼女を両親が見つけて救急車を呼んだのだという。

目を覚ました時には体の不調は嘘のように良くなっていて、空腹を感じて腹が鳴ったという。

暫《しばら》くすると診察室へと呼ばれ、医者は彼女に思いがけないことを口にした。

レントゲン検査の結果、葉山さんには乳がんの疑いがある。現状では疑いがあるとしか言えないが、より専門的な検査を受けて欲しい。それ以外は異常が見当たらず、意識を失ったのは疲労からくるものだろう。

葉山さんはすぐに乳がんの検査を受け、幸いにも早期発見で、がんを完治することができた。こんな風に早期発見できるというのはそうそうあることではない。あなたは運が良かったと、葉山さんは医者に言われたそうだ。

「同時期に、会社でも私の提案した企画が通ってね。昇進することもできた。良いことなんだけど、いきなり身の回りで起き出した幸運がなんだか気がかりで。こう言うのも変だけど、まるで仕組まれているかのように良いことが続いたの。あんな酷いことがあった後だし、それらは、あの爺《ジジ》いに髪を盗られた見返りだと思うことにしたの。そして、あの一件は忘れようとしたんだけど。どうしても頭から離れないのが――」

葉山さんは声を落とした。

「あの爺いは私に言ったの、また分けて貰いにくるって。それがずっと気がかりで――気味が悪い」

葉山さんから話を聞いた後、私はこの一件が妙に気になり現地にて取材を行った。その際に興味深い話を聞いたので、追記として書き残しておこうと思う。

私は、葉山さんが老人と遭遇した、商店街の青年団に所属するNさんという男性と多少の面識があり、話を伺うことができた。

Nさんに葉山さんの話を話すと、彼は何かしらの心当たりがあるのか、真剣な面持ちになった。そして、地名を明かさないことを条件に話をしてくれた。

「葛西さんは商店街の看板を見ましたか」

ええ、取材の際に見ましたね。不審者の目撃情報を集めているという内容でしたが、あれは随分《ずいぶん》と昔の物ですね、十年以上も前の情報が書かれている。

「看板が立てられる要因になった最初の不審者の事件、被害者は私の知人でして。彼女も葉山さんと同じく、見知らぬ男に髪を切り取られているのですよ。そして、犯行後に黒い塊を飲まされているんです」

手口が葉山さんの時と同じだ。また、古い看板には三十代から四十代くらいの中肉中背という身体的な情報も記されていた。

そこから考えるに、葉山さんに被害を与えた初老の男と、看板に書かれた不審者の男は同一犯ではないか。十年以上経った今の姿が、車椅子の老人だという可能性はないか？

「実は新聞に載らないだけで、同様の事件がこの商店街近辺で、時折起きているんです。狙われるのは決まって若い女性。皆、地元の住人ですが、どの女性も見知らぬ男性に髪を切り取られてしまったんです。しかし、その犯人の男というのが――」

容姿や年齢が、どう聞いても、それぞれ違う別の男としか思えないんです。

「犯人は一瞬にして被害者の前から消えてしまい、しかも犯行の痕跡は何ひとつ残っていない。警察に被害届は出すのですが、警察も対応ができないんです。証拠が切り取られた髪の跡しかないのですから」

商店街はゴーストタウンと化していて、監視カメラを設置したり夜回り警備をする余裕はないのだとNさんは溜息を吐いた。

「この町は小さな集落です。私たち青年団は被害者たちから話を聞いて、それぞれ不審者の似顔絵を作成して犯人探しもしたのですが――現在生きていて、一致する人物は誰もいませんでした」

Nさんが、変わった言い回しをしたことに気が付いた。

生きていて、一致する人物は誰もいなかった。それはどういう意味なのだろうか？

「結果から言うと、それぞれの似顔絵と一致する男性たちは見つかりました。ですが、それは……」

Nさんは私の顔を一瞥《いちべつ》し、ゆっくりと口を開いた。

「どの男性も故人だったんです。事件発生時には既に亡くなっている人たちだった」

説明のしようがないのです、だから私たち青年団もこの話について調べるのをやめたんです。

わからないことは、どうしようもない。被害があっても解明できないのならば目を瞑り、自衛手段を考えるしかないのだと、Nさんはやりきれない様子で言った。

中古家電

「一年くらい前から、会社の経営が行き詰っているという噂は聞いていたからね。実際に倒産の告知が貼り出された時はあまり驚かなかったね。ああ、ついに潰れてしまったかとくらいしか」

高校を卒業してから長年勤めていた地元の会社が倒産し、下山さんは去年の春から無職になった。すぐさま地元にて再就職先を探したが、田舎では新卒以外に正社員になれる仕事はなく、下山さんは仕方なく都会へ出ることにしたのだという。

「元々、給料の安い仕事でしたから、貯《たくわ》えもあまりありませんでした。引っ越しを済ませると貯金は二ヶ月分の家賃をやっと支払えるくらいしか残ってなかったんすよ」

就職活動の前に、とりあえず当面の生活費を稼がないといけない。下山さんは移り住んだアパートの近くのコンビニでアルバイトを始めた。

金は無いうえに働き詰めの毎日だったが、田舎育ちの下山さんにとって都会の生活は想像以上に刺激的なもので、それなりに充実した日々を送っていた。

コンビニのバイトを始めて、最初の給料日のことだ。

給料が入り、少しだけ金銭的に余裕ができた下山さんは、仕事帰りに近所のリサイクルショップに立ち寄った。

目当ては中古の冷蔵庫だった。家電を揃える余裕がなかった下山さんは、冷蔵庫を必要としないレトルト食品や乾麺《かんめん》、コンビニの廃棄弁当で食い繋《つな》いでいた。

そんな食生活を一ヶ月も続けると、さすがに飽きてしまい、辛くなってくる。

しかも、レトルト食品を買うと月の食費も必然的に上がり、健康にも良くない。ゆえに自炊のためにも手頃な値段の冷蔵庫が必要だった。

暫くの間、店内を見て周り、新旧様々な型式の冷蔵庫を見つけては収納ドアを開けて中をチェックしてみる。店員のやる気がないのだろうか、店に並んだ多くの冷蔵庫の内部は汚れが目立ち、覗き込むと黴臭《かびくさ》さが鼻につく。どんな状況で買い取られたかわからないが、ドアを開けた瞬間、食品の腐った臭気が漏れ出した物もあり、少し見ていただけで下山さんは辟易《へきえき》してしまった。

値段もたいして安くはない。この店で買うのはよそうか。

そう思っていた時、何かお探しでしょうかと店員に声を掛けられた。白髪混じりの初老の店員で、名札を見ると家電の買い取りを担当しているようだった。

声を掛けられた手前、聞いてみても損はないだろう。

下山さんは駄目もとで「安い冷蔵庫を探しているのだけど、良いものはないか」と話をしてみると、店員は「スペースの関係で店頭には並んでいないが、倉庫にも冷蔵庫の在庫がある」と言った。

そちらは型式がやや古くなっているが大幅に値引きもできるので、是非見て欲しいと、店員は下山さんに勧めた。

「一度は別の店に行こうかと思ったんですけど、家から近いリサイクルショップはここだけだったし、なにより配送料が無料というのが魅力でした。まあ、一応見てから考えようと思って店員に見せてもらいたいと頼んだんですよ」

店員は下山さんを店の裏にある倉庫へと案内した。そこには、さらに使用感のある中古家具や、くすんだ色合いの白物家電が、整理もされずに無造作に積み上げられていた。

ただでさえ中古品という色褪《いろあ》せた印象を持たれる物品がこんな乱雑に扱われていたら、

商品としての魅力を感じることはできない。大量生産品の墓場にも見えた。

まるでガラクタの山だ。下山さんの期待は早々に失せ始めていた。

そんな下山さんとは違って店員は元気だった。やたらと、下山さんの生活環境を聞きたがる。部屋に置く家具はどういった物が好みか、良い掘り出し物があるなどと言っては手近に見えた品物の説明をしながら歩く。

セールストークなのかわからないが、うざったい。

やがて店員は冷蔵庫が並ぶ一角で足を止めると、お勧めがあるといって一台の小型冷蔵庫を指差した。

「こちらのものはどうでしょう。使用感も少なく、お買い得だと思いますが」

ワインレッドカラーというのだろうか。濃い赤色が目を引く、ワンドアの小型冷蔵庫だった。

「倉庫の中が酷《ひど》い有様だったから、どんなガラクタが出てくるかとひやひやしていたが、店員が勧めた冷蔵庫は見た目が良かった」

下山さんはひと目見た時に、色合いが気に入った。

他の日焼けした冷蔵庫と違い、これだけは艶《つや》がまだ残り、真新しさを感じた。

冷蔵庫のボディには細かい傷が付いていたが、赤色の塗装ということもあってあまり気にならない、ドアを開けてみると中には説明書とメーカーの保証書が入っていた。手にとって確認してみると保証書の期限はあと二年残っている。冷蔵庫の中を覗き込んで汚れや臭いを確かめてみるが、特に気になる点はなかった。

「これいいですね」

下山さんが満足げに笑顔を見せると、店員はすぐさまに電卓を叩き出したという。

「あの時に少し変だなと思ったんだよ。これだけ良い物がどうして店頭に並んでいないのかと。それと店員がすぐに値引きを始めたんだよ。あれだけ良い物なら値引きなんて進んでやらないだろ」

とはいえ、その時の下山さんは良い買い物が出来たという満足感に頭が一杯で、一瞬過《よ》ぎった疑問もすぐに考えるのを止めてしまったそうだ。

翌日、冷蔵庫が部屋に届けられた。

それから下山さんは自炊を始め、様々な食材を冷蔵庫の中に収納するようになった。

「最初の一ヶ月くらいは何事もなかったんだけど、初夏に入る辺りに異変が起き始めたんです」

ある日、下山さんがバイトを終えて帰宅すると、部屋の中が何故か生臭い。

「留守の間に冷蔵庫が止まっていたんです。俺の部屋は南向きで室温が上がりやすい。そのせいで、冷蔵庫の中に入れていた物の大半が痛んでました。奮発して買った牛肉もダメになって酷く落ち込んで、せめて、冷蔵庫の復活を祈る思いで電源コンセントを差しなおすと」

あっけなく冷蔵庫のファンが回る音が響き、冷気が吹き出してきた。とりあえず壊れてはいないようだと、下山さんは安堵の息を漏らした。

直ったと思えた冷蔵庫だが、それからも異変は続いた。

「留守の時を狙っているかのように、冷蔵庫だけ電源が落ちるんですよ。それに、部屋に居るときに飲み物を取り出すと冷えていないこともあって。原因を探ってみると、操作した覚えがないのに温度調節のツマミが最弱まで落ちていたりして」

異変はそれだけではなかった。

深夜に寝ていると、叫び声のような騒音で眼を覚ますことがあった。

騒音の元は冷蔵庫だった。

高速回転するファンの音と冷気を送る送風音が、凄まじい音をがなり上げ、冷蔵庫自体が小刻みに振動していた。さらに、冷蔵庫内に入っている瓶と瓶がぶつかり合い、今にも割れそうな甲高《かんだか》い音を鳴らしている。

飛び起きた下山さんは、すぐに冷蔵庫を開けて調節ツマミを最弱に合わせたが、冷気の勢いは変わらない。冷蔵庫の側面に手を当てると、思わず短く叫んで手を放した。側面は火傷しそうなほど熱くなって、モーターが焼ける臭いも漂い始めていた。

急いで電源ケーブルを手繰《たぐ》り、コンセントを引き抜くと冷蔵庫はようやく沈黙した。

「その時、不意に背後に気配を感じたんです。鋭い視線と、どす黒い悪意のような感覚だった。背筋にぞくりと悪寒が走って振り向いたんですが、そこには部屋の暗がりがあるだけで……」

不気味な気配を感じ、下山さんは眠るのが怖くなってしまった。部屋の明かりを点け、テレビに映る深夜の通販番組を眺めて時が経つのを待っていた。

「ほんとは部屋の中にいるのが嫌だったけど、行き場もなかったもので。気を紛《まぎ》らわすためにテレビの音を鳴らして壁にもたれ掛かっていたんです。眠くてうとうとしていたんですが、電気を消すのが怖かったんで」

記憶が定かだったのは、午前二時の時報までだった。

放送が終了し画面が砂嵐になったので、下山さんはチャンネルを変えようとリモコンに手を伸ばした。眠気のせいかだろうか、視界が二重にぼやけて上手く掴めない。リモコンを掠《かす》めた指先が床に触れ、次の瞬間、抗《あらが》いがたい眠気を感じ意識が遠のいた。

降りつけた雨が地面で弾けるような、ざあざあという音が遠くから聞える。水飴《みずあめ》みたいにまどろんだ意識が少しずつ明けていく。不意に胸を締め付けられるような息苦しさを覚えて、山さんは目を覚ました。

瞼《まぶた》を開けると、部屋の中が見える。雰囲気が先程とは変わっていた。部屋の中は薄暗く、いつの間にか照明が消えていた。

ざあざあという音はテレビの砂嵐が原因のようだ。テレビの画面から漏れた光が部屋の中を青白く照らし出し、壁に大きな影を映し出していた。

知らないうちに少し寝ていたのか。下山さんは耳障《みみざわ》りなテレビを消そうとリモコンに手を伸ばす。そこで自分の体の異常を知った。

体が動かなかった。どれだけ動かそうと思っても、指先ひとつ動かない。まるで全身鉄の塊《かたまり》になったかのように、身動きができない。

胸の締め付けが更に増して、下山さんの呼吸は荒くなった。

できるだけ多く空気を吸い込もうとしても、肺に力が入らない。

呼吸は短く小刻みになり、汗が全身から吹き出した。その汗が線になって額《ひたい》から落ちるが、手が動かないので拭うこともできない。

下山さんが息苦しさにあえいでいると、いきなり冷蔵庫が稼動音を鳴り上げ動き出した。あり得ない。先程の騒ぎでコンセントは抜いている。電気の通っていない家電が動くはずがない。

ファンが尋常でない速さで回転する。風切音が鳴り出し、下山さんは戦慄した。か細い女の叫び声がファンの音に混じっている。

冷蔵庫のドアがゆっくりと開き出し、内照灯の明かりが線になって漏れ出した。強烈な何かの気配を冷蔵庫の中から感じ、本能が警鐘《けいしょう》を鳴らしている。それを見てはならない、眼を閉じろと。

だが、もはや手遅れだった。下山さんは恐怖に固まり、瞼を動かすこともできなくなっていた。

ドアは完全に開き、中に居たものが現れた。

冷蔵庫の中には、紫色の肌の女が納まっていた。

女の胴体は無い。眼を見開いた頭部を中心に、黒く変色した切断面があらわになった腕や足首が転がっている。まるで切った野菜のように、体の部位が冷蔵庫の収納スペースに納まっているのだ。

断面から溢《あふ》れた赤い血液が、漏れ出して床に広がった。

ヴェエエ、ヴェエエ……。

舌を突き出した女の頭部が小刻みに震える度に、口からおぞましい声が漏れ出していた。

女は眼を上向き、口から飛び出した舌が動き回る。紫の肌に筋肉の筋が浮き上がり、舌が動くたびに裂けて、どろりとした粘性の液体が垂れた。裂け目は広がり、女の顔をより濃い紫色に染め上げた。

下山さんは声のない絶叫をした。目の前に広がる血の海が彼の足に触れた瞬間、糸が切れるように意識を失った。

「目を覚ますと朝になっていました。テレビは消えていて、体の自由は戻っていた。俺は全身汗まみれで、口の中が乾ききっていた」

冷蔵庫のドアはしまっていた。電源も抜けている、床に広がった血の海も存在せず、あれは夢だったのかと下山さんは考えた。

おそるおそる冷蔵庫のドアを開けると、中から腐臭が漂い、思わず咳き込んだ。

いくつか食材を手にとって調べてみるが、傷んでいるわけではない。どうも、冷蔵庫の内部に腐臭が染み付いているようだ。

下山さんは冷蔵庫の中にある物をすべてゴミ袋に入れると、ゴミ収集所へ行き捨てた。

「あれが夢であったとしても、冷蔵庫の中にあった食品を食べる気力はありませんでした」

その日の内に不用品回収業者を呼んで、冷蔵庫も処分した。

「すべてが終わると、急に体が重くなったんです。吐き気がして、トイレで吐くと熱があるようでした。近所の病院に行くとインフルエンザ並みの高熱があって」

下山さんは原因不明の高熱を出し、一週間寝込んだ。

その間、夢の中にたびたび冷蔵庫の中に詰められていた女の頭が出てきてうなされたという。

「暫くして、不用品回収をやっている友人にこの話をすると、言われたんです」

不用品回収で呼ばれる現場には孤独死や、なにかしらの事件があった場所も少なくない。そういった場所から回収した家電は、状態の良い物なら廃棄せずに転売することもあるのだと。

だから、不用品回収をやっている奴は絶対に中古品を買わない。過去にどんな場所にあったものか、わかりませんからね」

「あの一件以来、俺も中古品を買うのを止めました。

もうこりごりだ、リサイクルショップには一生行かない。下山さんはそう言うと溜息を吐いた。

黒い渦

枝本さんは三年前の春に上京し、古いアパートを借りた。

「仕事場が都心のほうだったんですよ。私の仕事って仕事場に篭ることが多いので。仮眠を取るにしても、着替えなんかを取りに帰るにしても家は近いほどいいなと思ったので」

枝本さんは、とあるゲーム会社に勤めるCGグラフィッカーだ。

ソーシャルゲームや据え置き機用のイラスト等を描いているそうで、仕事の締め切り前には会社に寝泊りするなんていうのは当たり前の世界に生きている。

「まあ、私はお金が無かったわけで。上京してから暫《しばら》くは元から東京に住んでいる友だちの家に居候《いそうろう》してたんだけど。そのコに彼氏ができちゃって、居心地が悪くなって」

いつまでも友人に甘えてもいられないという気持ちもあり、初給料が入るとすぐに部屋探しを始めたのだという。

「まあ、さっきも言ったように住むなら仕事場の近くだな、と思いながら探したんだけど、やっぱり都内は家賃が高くて」

できるだけ安い所を紹介してくれと、賃貸紹介業者に頼んだのだという。

「すると、うまい具合にいい物件が見つかって。古い建物で見てくれは多少ボロいんだけど、ネット回線やＩＨクッキングヒーターが付いてる上に、仕事場まで自転車で十分くらいという好条件。部屋を見たら清潔感もあって、もうここしかないなと思ったのよ」

それで、家賃は？

私が聞くと、枝本さんは苦笑いを浮かべて指を三本立てて見せた。

管理費やらなにやら総込みで三万円だったそうだ。

「まあ、今思えばあの金額はないよね。駅からも近かったし、早く物件を決めなくてはという焦りもあって」

当時の彼女は余り深く考えずに賃貸の契約を行ってしまった。

「最初に異変に出くわしたのは、私じゃなく友だちでね。彼女、同居してた私を追い出すような形になってしまったのを随分と気にやんでいたみたいで、引っ越しの手伝いに来てくれたの」

元々居候だった枝本さんに大した量の荷物があるわけもなく、引っ越し作業は一時間ほどで終了した。

その後は二人で買い出しに行き、部屋で夜遅くまで飲んでいた。

「私はそうたいして強くないから、気をつけて飲んでいたんだけど、新居祝いってのもあってついつい深酒してしまったの」

四本目の缶酎ハイを飲み干した辺りで意識に霞《かすみ》がかかり、やっとのことで布団《ふとん》に倒れ込んだところで記憶が途切れたのだという。

「気がついたのは早朝でした。布団の上でうつ伏せになりながら目を覚ましたの。二日酔いのせいか頭が痛くて、体もすごくだるかった。そして、一緒に飲んでいたはずの友だちが部屋にいなくて」

枝本さんは浴室を覗いたりしてみたが、友人はどこにも見当たらない。彼女は仕事があるから帰ったのだろうか。

玄関のドアは鍵がかかっておらず、熟睡した自分を置いて帰った友人に少し腹が立った。せめて、外から鍵を掛けてドアの郵便入れに鍵を入れておくといった機転を利かせて欲しかった。物騒な世の中なのだから。

とはいえ、先に酔いつぶれたのだ。文句を言える立場でもないし、なにかしらの面倒を掛けてしまってないかと、急に不安になった。

枝本さんは昔から、記憶が定かでないほど飲むと人に絡むタイプの酔っ払いになるからだ。

とりあえずメールを送っておこう。そう考えた枝本さんは、痛む頭を抱えながら充電器に差し込んだままのスマートフォンを手にした。

画面をタッチすると青白い液晶が浮かび上がる。

「何これ」

枝本さんは暫く何が起きているかわからずに、画面を見たまま固まっていた。スマートフォンの画面には大量の着信とメールの受信を知らせる通知が残されていた。

それらはすべて、昨日一緒に飲んでいた友人からのものだった。

指を動かし、着信履歴をスクロールしていく。

最初は午前〇時過ぎ、最後の着信は午前七時三五分、つい十分前だ。

着信の間隔が短く、ほぼ十分おきに掛かってきている時間帯もあった。メールに目を移す。

友人からのメールは『お願いだから早く起きて』や『ごめんなさい』といった内容が続いていた。状況がわからなくて、枝本さんはとりあえず友人に電話を掛けてみることにした。

短いコール音で友人は通話に出たという。

「彼女、すっかり取り乱していて話の本筋がわからないのよ。早く逃げてと言うばかりで。私はいまいち事態が飲み込めないうえに、二日酔いで頭が働かないもんだから、水なんか飲みながら悠長《ゆうちょう》に聞いちゃって」

電話先で友人が涙声になり、いいから早く会いに来いと言う。

枝本さんは友人に言われたとおり、アパートの近くにあるファミリーレストランに向かった。

ファミリーレストランに着くと友人は窓際の席に座っていた。疲れきった顔をしていて、寝ていないのか目の下にはくまができていた。

彼女は枝本さんを見ると、すぐに駆け寄ってきて両手を握り締め、大丈夫か、体に異常はないかと聞くのだ。

「とりあえず彼女を落ち着かせて、一緒にコーヒーを啜《すす》りました。私がなんともないとわかると、彼女も落ち着きを見せはじめて」

頃合を見計らって、枝本さんは彼女に聞いた。

昨晩、一体何があったのだと。

彼女は少しの間、沈黙した。そして、最初に決してこれは嫌がらせで言ったりしているのではなく、本当に枝本さんを心配しているからだと前置きをしてから話し始めた。

昨晩、枝本さんが寝落ちしてしまった後のことだ。

少しの間、友人は一人で酒を飲みながらだらけていたのだが、話し相手を失った退屈さもあり、うたたねをはじめた。

時刻は午前○時を少し過ぎた辺りだ。仕事は遅番だから、ひと眠りしてから朝に家に帰ろうと思い、床に寝そべったのだという。

部屋の明かりを消して、暗闇の中、彼女は眠りの中へ引き込まれていく——はずだった。

頭上から、何か硬い物を摺《す》り合わせるような、耳障《みみざわ》りな音がするのに気がついてハッと意識を取り戻した。

仰向けに寝ていた彼女が目を明けると、その先に映るのは部屋の天井だった。どうやら耳障りな音はそこから鳴っているようだった。

「古い建物だったから最初は友人も天井裏に鼠《ねずみ》でもいるのではないかと思ったそうで。音が止まないものだから気になって、暫く天井を見ていたら、次第に目が暗闇に慣れてきて」

視界の端に一定の間隔で動き続けるものが見えた。

あれはなんだろうか、目を動かして注視する。

天井に二つ、盛り上がりがあった。横に並んだそれは、黒くてどっぷり肥《こ》えた芋虫《いもむし》のようなものだ。二匹の芋虫の背には無数の大きな皺《しわ》があり、うねうねと波打つ度にその皺が蠢《うごめ》く。その様子に、生理的な気持ち悪さを感じた。

ぎり、ぎり、ぎり、ぎり、ぎり……

耳をすましていると、擂り合わせるような音は、どうやらそこからしているように聞こえる。何かをすり潰している？　もしかしたら天井の壁紙でも齧《かじ》っているのではないか？

気持ち悪い。あんなのが天井から落ちてきたらどうしよう。

目を離さないまま、友人は枝本さんを起こそうとした。

その時だった。部屋の天井に蠢く二匹の芋虫が大きく歪《ゆが》んだ。

二匹の間から、黒い物体がにじり出てきた。

「それは人間の舌で――その周りには不揃いな歯が並んでいたっていうの」

天井に口が貼り付いている。それはもごもごと再び動き始め、舌を引っ込めたのだという。そして再び、ぎり、ぎり、ぎり、と嫌な音を発し始めた。

「おそらくあれは歯軋《はぎし》りの音だと思うって。虫だと思ったのは、黒い唇だったって……」

驚愕した友人は、すぐに枝本さんに手をのばした。

しかし、その瞬間、気がついた。

黒い唇はひとつだけではなかった。壁にも無数の唇が蠢いて、口を開けている。そのうちのひとつから、眠っている枝本さんに向けて黒い無数の粒が吹きかけられた。それは、連なった線のように唇の隙間から延びていた。

黒い粒は、大量の蝿《はえ》の群れのように見えた。渦を巻いて、枝本さんの全身を覆《おお》うように細かな動きを繰り返している。

その光景に友人は恐怖し、泣きながら枝本さんの名を呼んだ。だが、枝本さんは微動だにしなかった。

揺り起こそうにも、目の前の光景に圧倒され、手を出せなかったという。

「黒い粒が幕のように私を覆って、いくら声を張り上げても私には届かないような気がしたって――友だちは言っていた」

友人はうろたえ、どうしていいかわからなくなった。

突如、狂ったような笑い声が部屋中に響いた。

見ると、天井に貼り付いた口が大きく開き、笑っていた。低い、男の声だ。

その声を聞いたとき、糸が切れるように頭の中が真っ白になり、気が付くと、友人は深夜の路地を全速力で駆けていた。

半狂乱だった。脚がもつれて転んだことで我にかえった。

部屋に残っている枝本さんが気になるが、あの部屋には戻りたくない。

彼女は、ポケットの中にあったスマートフォンで連絡しながら、朝になるまでファミレスに篭っていたというのだ。

「あなたが心配だった。でも、怖くて。ごめんなさい」

そして友人は泣きながら、また二人で暮らしてもいいから、引っ越して欲しいと口にした。

あそこには何か邪悪なものがいるから、と――。

「友だちとは古い付き合いで信用していたから、すんなりと私は幽霊の話を信じたの。それに、ファミレスで会った時の彼女の取り乱した姿は尋常ではなかったし」

でも結局、枝本さんは引っ越しをしなかった。

「一番怖いのは古屋の漏りというじゃない。当時はお金が無くて、幽霊よりも引っ越しにかかるお金のほうが怖かったのよ。貯金の殆《ほとん》どを吐き出して引っ越したのに、一日で転居するなんてのは嫌だったし。私は実際に見たわけでもないし、もしかしたらお酒の影響かもしれない。結構、軽く考えていたんだ。暫く様子を見て、何かおかしなことが起きたら、その時に考えようかなって」

不気味だとも思ったが、枝本さんは暫くの間、その部屋で暮らしていた。

ちょうどその頃、会社で新しい企画が決まり、枝本さんの仕事も忙しくなり始めていた。会社で寝泊りしながら制作作業を進めることが多くなり、部屋に帰ることも少なくなっていた。

仕事がヤマを越えた頃、廊下で擦れ違った会社の先輩に突然、肩を叩かれた。

「Iさんっていう先輩だった。彼女、少し変わり者だと社内でも言われていてね。この業界は個性が強い人が多いのだけど、彼女はその中でも特に目立つようなタイプの人だった。

私はIさんと関わるような仕事もしてなかったし、話をしたこともない人だったので」

急に肩を叩かれ、一瞬枝本さんは言葉を発するのを忘れてIさんの顔を見ていた。

彼女のピンク色に染めた髪が揺れる。その顔は険しかった。

「枝本さん、変なことを聞くかもしれないのだけど。あなた、最近変なことが起きたりしなかった?」

Iさんがいわゆる『視える人』だというのは社内では有名な話だった。何故かこの業界は昔から幽霊騒ぎが多く、Iさんのような人の話は広まりやすい。枝本さんが入社して最初に聞いた噂話もIさんのものだった。

「独特な臭いがするのよ。変なのに付きまとわれている人からは」

枝本さんは「もしや」と思い部屋の事情を話すと、Iさんはそう言った。

「私の臭いはかなりきつかったそうで、廊下で擦れ違った時にすぐにわかったそうです。それで思わず声を掛けたとか」

部屋の中に居るのが、憑いてきてるよ。今はまだ力が弱いけど、そのまま部屋に住み続けていたら何が起きるかわからない。

「悪いことは言わない、引っ越しをしなさい」

Ｉさんは枝本さんに諭《さと》すように話し、自分の手首からブレスレットを引き抜いて手渡した。

白と黒の線が地層のように重なっている天眼石とマカライトのブレスレットだった。これらは魔除《まよ》けに使われるパワーストーンだとＩさんが説明し、遠慮する枝本さんに強引に握らせた。

貸してあげるから、忘れないで付けていて欲しい。寝るときも風呂に入る時も、一時も外さないで欲しい、と。

「正直、その時はＩさんが少し怖かったたな。鬼気迫る顔で言うんだし、ちょっと気持ち悪いなぁとも思ったけど、親身になってくれているのは伝わったから。Ｉさんの言うとおり、左手首にブレスレットを付けて生活することにしたんだ」

Ｉさんと話をしてから一週間ほどが過ぎて、仕事もひと段落ついた。

「私が所属している部署で、打ち上げがあったんです。家に帰ったのは十一時過ぎぐらいだったかな」

枝本さんは酒に酔っていた。納期まで続いた激務のせいで体力も底をついていた。パジャマに着替えるとすぐに布団へ潜り込んだ。

それからどれだけの時間が経ったのだろうか。眠っていた枝本さんは突然、喉を締め付けられるような圧迫感によって目を覚ました。

「何か強い力で喉を締め上げられているようだった。びっくりして目を見開くと、何がそこにいるのかわかったの」

目の先を黒い粒が高速で動きまわっていた。友人が話していた蝿のような物だ。それが枝本さんの足の先から顔の前まで渦を巻きながら飛んでいる。彼女が目覚めたのを見計らったように黒い粒が集まり、形を成していく。それは人間の両手だった。

黒い両手が枝本さんの喉を鷲掴《わしづか》みにする。恐ろしく強い力がいっそう気管を圧迫し、枝本さんは息を吸うことができなくなった。

黒い手を押しのけようと、体を動かそうとしたが、指の一本も動かない。意識だけは鮮明で、黒い手の指一本一本が自分の首に食い込む感触がわかった。

力がさらに強まる。

ぐぇっ、と短く声が漏れた。息を吸えず、肺が縮んでいくのがはっきりとわかる。

目から涙が零《こぼ》れ、舌が口内から飛び出した。

このままでは窒息する。頭が爆発したように熱くなり、心臓の鼓動が耳の奥で反響していた。

死ぬ、殺される。嫌だ、死ぬなんて嫌だ。

助けて欲しい。そう強く願った。

突然、何かが勢い良く弾ける衝撃があり、動かなかった左腕が宙に浮いた。黒い粒が、左腕のあたりだけ消えていて、自分の意志で動かせる。

枝本さんは咄嗟《とっさ》に、自由になった左腕で黒い手を殴りつけた。

感触はなく、ただ宙を切ったかのように思えた拳《こぶし》だったが、左手は黒い手を貫通し粒を散らした。

それと同時に、喉を圧迫していた力が弱まり、息が吸える
無意識のうちに枝本さんは絶叫しながら、左腕を無茶苦茶に振っていた。全身に纏《まと》わりつく黒い粒を払いたいと願った。すると、黒い粒が左腕に潰されるように消えていく。上半身から粒が消えると、腰の辺りまで体の自由が戻った。

枝本さんは大きく身を翻《ひるがえ》した。勢いあまって鼻頭を床に打ちつけ、鼻腔から熱い血が噴出した。

痛みを感じると同時に、全身の自由が戻っていることがわかった。

膝が震えていたが、立ち上がることはできた。枝本さんは脚をもつれさせながら、やっとのことで玄関のドアまで辿り着いた。

チェーンロックを解除しようとした時、背後から気配を感じ、反射的に振り返ってしまった。

「部屋の中央に人が立っていたんです。影、みたいなものだった。身体も顔もすべてが黒く塗りつぶされていたけれど、それは人の形をしていて――」

影はゆっくりと枝本さんのほうへ向かって来ていた。歩くのではなく、固まった姿勢のまま空中を浮遊するような動きだった。

枝本さんはドアチェーンを解除しようとするが、指が震えて思うように動かない。影が目前まで迫った瞬間、チェーンが外れた、そのまま錠を回し、扉を開けた。外に出ると同時に、ドアを勢いよく閉めた。

伸びた影の一部がドアに挟まれて、目の前で飛び散る。枝本さんはそれを見て、すぐに走り出した。

「靴を履いている余裕なんてありませんでした。裸足《はだし》のうえ私は寝巻き姿で。お金も携帯も持っていなかったから、少しだけ考えて、自転車に乗ったの」

自分の会社ならば、今の時間帯でも人がいる。

会社に着くと、夜勤の仕事仲間は彼女の姿を見て驚いた。

他の部署からも野次馬が集まり、騒ぎになった。警察を呼ぶかという話にもなり、枝本さんは事の経緯を説明しなくてはならなくなった。どう説明をすればいいか、困り果てていると、ブレスレットを貸してくれたIさんが出てきた。彼女の助けを得て、なんとか事情を説明することができた。

「それからすぐに引っ越しました。どうしても部屋に入らなければならない時はIさんや友だちが付き添ってくれて、なんとか引っ越しの作業を終わらせることができたんです」

Iさんから貸してもらったブレスレットは、ベッドのすぐ傍に落ちていた。糸が切れ、石はすべてばらばらになっていた。

「黒い手に喉を絞められた時、左腕だけが自由になったのは左手首に付けていたブレスレットのおかげだと思いました。私の代わりにブレスレットは壊れてしまったのだけど……」

アクセサリーを壊したことをIさんに詫びると、彼女は笑って許してくれた。魔除けが役に立って良かったと。

「結局、また友だちの家に逆戻りになりました。あの一件以来、一人暮らしするのも怖くなってしまい、もう三年経つけど未だに友だちと同居生活を送っています。通勤は大変になったけど、早起きすればいいだけですから」

幽霊に殺されかけるよりマシ。枝本さんはそう言うとケラケラと笑った。

禁酒

「うちの家系はさ。お酒を飲むのはもちろん、近づくことも禁止されててさ」

萩原さんは煙草の煙を吐き出すと静かに語り始めた。

「だから爺さんも、親父も酒を飲む姿を見たことがないし、正月やお盆になっても家の中には絶対に酒を持ち込まなかった。俺も小さい頃から酒から遠ざけられて育てられて、洋酒が入ったお菓子とかも食べさせてもらえなかった」

小さい頃はそんな家族の事を変だとか思ってはなかった。しかし、高校生になって少しずつ酒や煙草といった大人の嗜好品《しこうひん》の知識がつきはじめると、家の慣わしが奇妙に思えてきたのだという。

「まあ、学生の頃は酒や煙草を嗜《たしな》む様な素行不良じゃなかったからな。家を変だとは思ったけど、それで困ったりもしなかったんだ」

問題は社会人になってから起きた。

荻原さんは高校を卒業し、地元の運送会社に就職した。

「社会人になると酒の席というのは避けて通れないものでしょ。俺が就職した会社は個人経営だったし、社員はみんな地元出身でさ。先輩と休日が被《かぶ》ると前の晩に飲みに行くってのは、もはや後輩の義務になっていてね」

入社した頃はアレルギーがあると言って、萩原さんは飲み会を断っていた。

だがそんな言い訳は長く続かず、会社で行うインフルエンザの予防接種で嘘がばれてしまった。アルコール消毒の際に嘘をつくのを忘れてしまったのだ。

アルコール過敏症の妻を持つ先輩社員が感づき、瞬《また》く間に会社の中で萩原さんは孤立していった。

「ああいったパパママ経営の会社で孤立すると、結構キツイんだよ。先輩から始まって同期にも冷たくされるし。社長とその奥さんも協調性がどうとか言って、露骨《ろこつ》に俺を非難してくるしさ」

酒が飲めないだけで、どうしてここまで苦しまなければならないのだろう。いや、飲めないわけではない、アレルギーでもないのに。

「家の慣わしなんかで苦しんでいるのが馬鹿らしくなって、忘年会に参加したんです。たらふく酒を飲んで、べろんべろんに酔っ払えば、先輩も態度を変えてくれるんじゃないかと思って」

忘年会が始まるとビールの入ったジョッキが配られた。それを受け取る萩原さんを見て先輩たちが怪訝《けげん》な顔する。

「飲めないんじゃないのか」

そう言われて萩原さんは「挑戦してみます」と、弱々しく応えたのだという。

先輩たちがすぐに上機嫌になって「そうか、そうか」と笑みを返してくれたのを見て、萩原さんは少し心が落ち着いた。間違ったことではないようだと。

社長が労《ねぎら》いの言葉を口にし、乾杯の音頭を取る。

笑顔の先輩とジョッキをぶつけ合い、宴会が始まった。

初めて飲む酒は苦くて、やや生臭いような味がした。クセが強く、よくこんなものを「うまいうまい」と飲めるなと思ったが、顔をしかめてやっとのことで飲み干した。

「幼い頃から言いつけられてきた禁忌《きんき》を破ったんですけど、別になんともない。あまりにも呆気《あっけ》なくて、なんだか凄く気が抜けてしまったんだ」

ビールジョッキを二杯も空にすると、普段は冷たい先輩たちも積極的に話しかけて来てくれる。忘年会は楽しいのだが、慣れない酒のせいで酔いが一気にきた。

眠気を感じてふと腕時計を見ると、まだ夜の九時だ。萩原さんは酔いを醒まそうと、顔を洗いにトイレに行った。

「トイレに入って顔を洗うと、今度は腹の辺りがもよおしてきたんだ」

洋式の個室で用を足していると、急に瞼《まぶた》が重くなりだして、萩原さんは少しの間、目を閉じたのだと言う。

「十秒ほどだったと思う。眠っていたわけじゃないとは思うんだけど、いまいち確信が持てないんだ」

違和感を感じた。鼻の奥を突き刺すような刺激臭が入り込んできたのだという。

何かが焦げたような臭い、それに混ざる饐《す》えた酸化臭、そして仄《ほの》かに線香の香り——。

何故、こんな臭いが？

萩原さんは目を開けると個室トイレの中を見渡した。変わったことはない。ただの洋式トイレの個室だ。

だが、異常な臭いがどんどん酷くなってくる。

「具合が悪くなってきて、吐き気がこみ上げてきたんだ。背中がえらく寒くて、なのに汗が滝のように出てきて……」

ここにいてはいけない。頭の中で警告音のように、ひとつの思考が巡り続ける。

あわててズボンを上げると、萩原さんは個室のドアを開けた。

「今思うと、それは待っていたんだと思う。俺が出てくるのを」

それは、手洗い場にいた。

「全身が黒い霧で出来ているような。人の形をした何か……だった」

それは手洗い場で顔を洗っているようだった。黒い腕が蛇口から流れる水に伸び、水が当たると黒い霧がそこだけ散った。

「あっ……」

思わず声が出てしまった。黒い霧が散った先にある物を見てしまった。

爛《ただ》れた掌《てのひら》だった。皮膚が剥げて赤茶けた筋肉が覗き、指は炭のようにひび割れて異様に短い。小指と薬指はケロイド状になり癒着《ゆちゃく》していた。

「それを見た瞬間、金縛りみたいに体が動かなくなったんです。脚や腕がまるで自分のものじゃないみたいに、硬直して……。その場に立ち尽くすことしかできなかった。でもそれとは逆に意識は冴え切っていて、臭いもさっきより強く感じるようになっていました」

黒い人が水を掬《すく》う。掌が水に触れると瞬《また》く間に透明だった水が赤茶色に変色し、零《こぼ》れた汚水が白い手洗い場に飛び散った。

黒い人は掌に溜めた水で顔を洗うと、霧が散り、そこには本来あるはずの目や鼻や口が無く、ただ赤茶色の肉と僅《わず》かに残る炭化した黒いパーツだけが覗く。

顔中の皮膚が溶けているのだ。瞼は蝋《ろう》のように垂れ下がり眼孔を塞ぎ、鼻は消失し鼻腔だけがぽっかりと空洞を見せていた。唇は炭化して黒ずみ、歯茎が露出しているが歯は数本しか残っていない。

「もう、滅茶苦茶でした。人間の顔だと認識できたのが不思議なくらい崩れていて。だけど、何故か俺はそれが女性だと直感でわかったんです。人間らしい所なんて殆どないのに……」

萩原さんの方を向くと、足を引きずるようにして黒い人はゆっくりと歩き出した。

ジュシャ、ジュシャ、と一歩歩くごとに湿った音が鳴り、床に茶色い液体が落ちて染みをつくった。

「怖かった。助けを呼ぼうにも、声が出なかったんです。身体の感覚も完全に麻痺していて、自分が床の上に立っているという感覚もなかったんです」

萩原さんの眼から涙が溢れた。口からはか細い嗚咽《おえつ》だけが短く漏れて、膝《ひざ》が震えた。

「……け……た……」

黒い人が、なにか言葉を発した。小さく、くぐもった声は聞き取れなかった。そのうち、萩原さんの前で黒い人は止まった。崩れた顔が萩原さんに向かい合う。

「……け……た……」

囁きながら、黒い指先が萩原さんの頬《ほお》をなぞる。粘度のある液体が指の這った後に残り、線を描いた。爛れた掌が萩原さんの首にかかり、そのまま強い力で締められる。

「……け……た……」

視界が急激に歪み出した。黒ずんだ指は万力のように萩原さんの喉を締め上げ、そのまま床に押し倒された。黒い人は萩原さんに馬乗りになると首を絞め続ける。

崩れた顔の傷口から赤茶色の液体があふれ出し、萩原さんの顔に降り注いだ。

萩原さんは息を吸おうと大きく口を開けたが、そこに粘つく赤茶色の液体が入り込んで口の中を満たした。膿《うみ》の強烈な生臭さが口の中に広がり、そのまま萩原さんは意識を失った。

「目を醒ますと病院にいたよ。処置室で点滴を受けていた」

　あの後、同僚がトイレで倒れている萩原さんを見つけて、救急車を呼んだのだという。吐瀉物《としゃぶつ》にまみれていて、いくら呼びかけても意識を取り戻さない。急性アルコール中毒だと思われたそうで、気がついたときには胃洗浄もされていた。

　着ていた服には自分の吐瀉物以外に赤茶色の液体が大量に付着していて、酷い悪臭を放っていたらしい。萩原さんは意識を失っている間に、病院に備えられた青色の患者衣に着替えさせられていた。

　深夜に駆けつけた萩原さんの父親は彼の姿を見ると泣き出したという。

「酒を飲んだのか、あれほど飲むなと言っていたのに……」

「ごめん……」としか言えなかった。

　萩原さんは翌朝から謎の高熱を出し、三日間入院した。熱でうなされている間に夢の中であの黒い人を何度も見たという。

「でも夢の中では黒い人は俺に近づけなかったんです。俺と奴の間には透明な壁みたいなのあるみたいで、奴は悔しそうにこちらを見ているだけなんだ」

退院した萩原さんは帰り道で便せんと封筒を買い、退職届けを書いた。

「意識を失う直前に、はっきり聞こえたんだ。奴が呟き続けていた言葉が――」

萩原さんはそう言うと、ぼそりとつぶやいた。

「みつけた――ってね」

萩原さんは現在、コンビニの深夜アルバイトをしている。飲み会の誘いには絶対に応じないという。

「酒を飲まないで参加すればいいじゃん、とか言われますけどね。酔った人間は何をするかわからないから。ジュースに酒を混ぜられるとかありますし。だから飲み会自体、絶対に行かないよ。奴がまた来るから」

萩原さんの首元には青黒い指の痕が今も残っている。

キノコ・ジャンキー

タツタさんは現在、農家を営んでいる。

今では二児の父親になり、一家の大黒柱として立派に働いている彼も昔はかなりのやんちゃ者で、手の付けられないチンピラだった。

「あの頃は怖いもん知らずで、馬鹿な事も沢山《たくさん》やったもんだ。そんな荒れた生活から足を洗おうと思ったのは、あるキノコを巡るトラブルが原因だ」

タツタさんが二十代後半だった頃、一緒につるんでいた仲間の中にギザと呼ばれている男がいた。

「ギザの奴はトルエン中毒でな。どっかの塗装屋の倉庫を荒らしてはシンナーの一斗缶《いっとかん》を盗んできて、小分けにしてガキやジャンキーに売り捌《さば》いて生計を立てていた。そんなことばっかりやってるから、歯も溶けちまっていてさ。鮫《さめ》みたいにギザギザの歯をしてるのよ。

だから奴はギザって呼ばれていた。俺たちははぐれ者の集まりだったから、誰も本名を明かさないでつるんでいたんだ。あだ名で呼び合っていたんだよ」

ギザは、年中シンナーを吸い込んでラリっているから、仲間内でも嫌われていた。

「仲間といっても友だちのような関係ともやや異なり、悪さをして金を稼ぐための仕事仲間みたいなのに近かったから、ジャンキーは疎《うと》まれていたんだ。ラリっていると突発的な行動をしたり、まともな判断をできないから」

そんなギザなのだが、タツタさんだけは彼を除《の》け者扱いしなかったそうで、二人は時折つるんでは、酒を飲んだりパチンコを打ちに行ったりした。

「ギザは地元の族上がりで顔も広かった。奴と親しくしていると割のいい仕事を紹介してもらえて、旨味があるんだ。その代わりに奴が起こしたトラブルの火の粉を被ることもあったが、そんなのは些細なもので、俺は手数料代わりに奴の面倒を見たりもしていた」

そんなある日、ギザがタツタさんのアパートに訪ねて来た。二人で適当に酒を飲んでいると、見せたい物があると、ギザはバックの中からプラスチック製のフードパックを取り出した。

パックの中には、しなびたキノコが三つ入っていた。

傘に白い斑点の浮いた妙なまだら色のキノコで、どれもひと口で飲み込めてしまうような小振りの物だった。

見慣れない品だった。タツタさんはキノコをつまみ上げて見た。傘の斑点が粉っぽくて気持ち悪い、食欲が湧くような代物ではなかった。

顔をしかめるタツタさんとは真逆に、ギザは自慢げに捲《ま》くし立てた。

「見た目は悪いが、こいつはすげえんだぞ。俺が見つけたんだ、新種で、まだどこにも出回っていない。効果もハンパねえんだ。タツタよぉ、お前は信用できる奴だと見込んだ。だからよ、こいつを一緒に売らねぇか?」

タツタさんはキノコを見た。この前の年、マジックマッシュルームが法規制の対象となり、堅気の世界から消えた。それを惜しむキノコジャンキーは多かった。彼らはキノコのもたらす幻覚に魅入られており、他のドラッグにはあまり興味を示さなくなっているのだ。需要はある。キノコが枯渇《こかつ》している今が売り時なのは、明確だった。

効果はどれぐらいのものなのだろうか。幻覚効果が薄いと売り物にはならない。

試してみたい。そう言うとギザはナイフを取り出し、キノコを切り刻んで、「食ってみろ」と傘の一片をタツタさんに手渡した。

「キノコは初めてだから少し緊張した。安定した品質の物でないと、バッドトリップすることも多いと聞いていたんで。ギザが持ってきたものに関して、正直なところ半信半疑だった。嫌なもん見なきゃいいなと思いながら、キノコの破片をビールで飲み込んだ」

キノコのトリップ効果は、摂取してから一時間ほど経過してから始まる。持続時間は人によるが、四時間程度だという。

他にも胃の中を空にしておかなければならない、摂取量が多くないと効果が現れにくいという話も聞いてはいたが、そんな予備知識はギザの持って来たキノコに対してなにも意味を持たなかった。

重量にして十グラムにも満たないキノコの欠片《かけら》だが、飲み込んで一〇分もすると、驚くほど早く効果が現れ始めたのだ。

カーテンの隙間から差し込む日光が立体的に浮かび上がり、水に浮かべた糸こんにゃくのように漂い始めた。目に入る物の色が変わり、青色だけが強調されて、視界の端が淡い青色に染まり出した。

ああ、キマッている。そう自覚した時、タツタさんの視界が急に低くなった。無意識の内に床に寝転んでいた。青く染まった視界の中でギザが笑っているのが見えた。彼の声がエコーが掛かったように重複して耳に届く。

なあ、凄いだろ。少量であっという間にキマるんだ。こいつは売れると思うだろ。

ああ、そうだな。

短く呟《つぶや》くとタツタさんの口から涎《よだれ》が垂れた。横向きに倒れているが、床に接した部分から痺《しび》れていくような感覚があった。

間もなくして体の感覚を失い、タツタさんは部屋の中を漂うような浮遊感を味わいながら、ダウナートリップの世界に沈んでいった。

幻覚作用が治まりを見せ始め、タツタさんが現実世界に戻って来たのはキノコを食ってから三時間程経った頃だった。

思考が纏《まと》まらず、頭を平手で叩き、ふやけた脳味噌《のうみそ》を直していると部屋の隅でギザがトルエンを吸っていた。彼はタツタさんが正気に戻るやいなや、キノコの感想を聞いてきた。

「効力があるのはわかったし、悪い話ではないかと思ったんで」

タツタさんはギザに「俺もこの話に乗った」と言うと、彼は嬉しそうに笑い「明日、収穫に行くから手伝え」と約束させられた。

翌日、タツタさんとギザは夜になるのを待ってから車を出した。

ハンドルを握るタツタさんは、助手席に座るギザの指示に従って車を走らせた。

暫《しばら》く国道を走ると、車は山の中へと入り込んでいく。山の中を少し進むと、ギザが脇道へ入れと指示を出した。そこは車一台がようやく通れるくらいの狭い道で、山林の中を通っている、舗装もされていない深い轍《わだち》が残った荒れ道だ。

当然、外灯も存在しない。周囲は塗りつぶしたような深い闇しかなく、タツタさんは、自動車のヘッドライトが照らす僅かな視界を頼りにゆっくりと進んだ。

山の中腹まで登ったと思うと、急に開けた場所へ出た。ギザは「ここが目的の場所だ」と言った。すでに深夜になっていた。

車から降りたギザがハンドライトを点けると、闇の奥に一軒の廃屋が浮かび上がった。

「ここだ。こん中にお宝が入ってる」

ギザはそう言うと歩き出し、廃屋の中に入り込んだ。不気味な雰囲気にやや飲まれていたタツタさんだが、置いていかれたら苦労してここに来た意味がない。

ギザの後ろを追った。

半壊し朽ち果てていた廃屋に入ると、腐った畳が敷かれた茶の間らしき部屋が広がって

いた。隣の部屋を覗くと苔《こけ》が生えたタイル造りの流し台が見え、鍋や食器が散らかってい
る。元は民家のようだが、ずいぶんと室内は荒れていた。

廊下を歩いていたギザが、ある部屋の前で立ち止まり、ライトを向けた。

ライトが照らした先には黄土色の土壁があった。そこには壁を覆《おお》うように一面、キノコの傘が浮かび、斑《まだら》の模様が生めかしく蠢《うごめ》いた。

タツタさんは、こんな場所に生えているのを食ったのかと昨日の行いを後悔した。

その部屋はどうやら子供部屋らしく、小さな学習机が残っていた。窓が木の板で打ち付けられて塞がれており、黴臭《かびくさ》い篭った空気がと不快な湿気が充満していた。

部屋の入り口でたじろいでいると、ギザが手伝えと鋏《はさみ》を手渡してきた。

突っ立っていても仕方がない。

ギザと一緒にキノコを収穫していると、持って来たビニール袋はすぐに一杯になった。

二袋分を採ると、目ぼしい大きさのキノコはあらかた無くなっていた。

こんぐらいで十分だろう。ギザがそう言うと、壁に残る繁殖用のキノコを確認して二人は廃屋から出た。

「縁側から外に出た時に、視線を感じたんだ。俺はすぐに振り返って見たのだけど、何も

居なかった。その時は廃屋の雰囲気と疲れているせいだと思って深くは考えなかったが」

街に戻った二人は早速、商品とすべく採ってきたキノコを加工し始めた。加工といっても別段特殊な作業をするわけではない。干し椎茸《しいたけ》を作るのと同じ要領で石附《いしづき》に紐を結んで吊るし、日光干しにするだけだ。数日間キノコを吊るしておくと、傘の部分に白い斑点が現れ、僅《わず》かに粉を吹く。ギザが言うには、この斑点と粉が出てくると、良い塩梅《あんばい》で乾燥したという証拠なのだそうだ。

干しキノコは完成した。完成祝いも兼ねて、効果を試すために刻んで食べてみようとギザは言ったが、タツタさんは断った。

別に深い理由はなかったが、なんとなく気持ち悪かった。

ギザは迷うことなくキノコを食すと、気持ちよさげに視線を天井に泳がせ、そのまま寝転がってしまった。

「その時に、ギザがしどろもどろの口調で歌っていた童謡が気味悪くて、今でも記憶に残っているんだ。赤い靴履いてた女の子、異人さんに連れられて行ってしまったってやつ。陰気くさい気分になるからやめろと言ったんだが、奴はキマッているからこちらの声なんて聞こえちゃいない。途切れ途切れになりながらも、ずっと歌っていた」

それからタツタさんとギザはゴロツキの溜まり場に足を運んでは、キノコを売り歩いた。始めは半信半疑だった客も、一度使うとキノコの虜《とりこ》になり、評判はすぐに広まった。評判に拍車を掛けるように、どこからともなくこのキノコは新種で合法だという話まで持ち上がった。すると客層が広がり、堅気の連中まで買いに来た。二人の元には大金が舞い込んできた。

二人が収穫した二袋分のキノコはあっという間に底を尽き、再び廃屋へと向かったタツタさんが見たのは――。

「異常な光景だった。前回の収穫から一ヶ月も経っていないのに、廃屋の壁には以前よりたくさんのキノコが生えていたんだ」

キノコってこんな早く生えるものなのか？　疑問を感じていたが、大金に化けるキノコなのだ。採らないでおくわけがない。

収穫量は廃屋へ来るたびに増えていった。キノコ中毒になり買い求める客が増えるにつれて、廃屋に生えるキノコも増えていった。

「最初は土壁だけに生えていたのに、しまいには床や天井からも生えていた。学習机にも覆うようにして生えていて、それが気持ち悪かった。まるでジャンキーが増えるのと比例して増殖している。そんな風に思えた」

商売が軌道にのった辺りから、ギザの様子もおかしくなってきていた。最初はいつものようにラリっているだけだと思ったが、何か尋常ではない様子を感じた。ギザはシンナーをやめてキノコをいつも食うようになり、トリップすると所構わず暴れたり、奇声をあげたりするようになった。危うく警察沙汰になりかけたこともあった。

ギザが一度に食うキノコの量は増えていき、客に売る商品にまで手を付け始めた。

タツタさんはギザにキノコを止めろと忠告したが、ギザは激怒し、そんなのは俺の勝手だと暴れた。手が付けられなかった。

「奴も立派なキノコジャンキーに仕上がっちまった。その姿を見て俺は心が冷めた。売り込みも止めて在庫をギザに押し付けると、元のゴロツキ生活に戻ったのさ。キノコのおかげでまとまった金があったし……」

商売から手を引いてからすぐのことだ。

タツタさんが居酒屋で飲んでいると、四人くらいの男に囲まれた。

彼らは一目でその筋だとわかる格好をしていた。男たちはタツタさんの腕を掴むと無理やり店から引き摺り出し、表に停めたワンボックスカーに押し込んだ。

ワンボックスカーは街外れまで走り、ひと気の無い倉庫の前で停まった。彼らに囲まれて倉庫に入ると、室内には三人の男たちが何かを囲んで立っていた。彼らは倉庫に入ってきたタツタさんを見ると、囲いを解いて中央にあるものを見せた。

床に倒れたギザだった。彼は容赦のない暴力によって壊されていた。

顔は殴られすぎて赤黒く腫れあがり、床には血に濡れた歯がいくつも落ちていた。爪が剥がされ、指先の赤身が露《あら》わになっていた。血を吐くと、小刻みに痙攣《けいれん》を繰り返している。ギザの晴れ上がった瞼《まぶた》の隙間から、真っ赤になった瞳がタツタさんに向いていた。

男が一人、唖然とするタツタさんの傍《かたわら》に来て言った。

「こんだけ痛めつけてもお友だちは口を割らなかった。でも、あんたはどうだろうな？」

タツタさんが震えながら男を見ると、彼は微笑《ほほえ》んだ。目は笑っていない。

「変なキノコ、売ってるんでしょ？　仕入れ元を教えてもらおうか」

タツタさんに拒否権はなかった。

「俺はすべてを言った。キノコの場所も売りに使っているルートも。ギザの目が俺を睨んでいた。でも、俺はギザのようになるのは嫌だった」

案内役として再びワンボックスカーに乗せられたタツタさんは、男たち三人と一緒にキノコが生えている廃屋へ行くことになった。

倉庫を出た時点で既に午前〇時を回っており、廃屋に着いたのは午前三時を過ぎた辺りだった。

深い闇に包まれた廃屋を見て、男たちも少し怖気《おじけ》づいているのが見て取れた。

タツタさんに先頭に歩かせて、連中は廃屋の中に進んだ。腐った畳が湿った音を立て、誰かが不愉快そうに舌打ちをしたのが聞こえた。

キノコの部屋をライトで照らすと、男たちから小さなどよめきが起きた。キノコはまたしても増殖しており、その勢いは丸ごと部屋ひとつを覆う程にまで拡大している。壁も床も、天井も家具も、窓を塞ぐ木板にまでもキノコが生えていた。

「これが、お前らの売っていたキノコか」

男の一人がタツタさんの横でつぶやき、キノコ部屋を見つめていた。

「薄気味悪い、こんなもん良く食う気になったもんだ」

一人がキノコのひとつを壁から千切《ちぎ》ると、暫く眺めてから床に投げ捨てた。

その時、タツタさんの背中を冷たい風のようなものが通り抜けた。

「風みたいなものが俺を通り抜けるような感覚だ。肌が粟立《あわだ》つような寒気がしたんだ。振り返ると、部屋と繋がる廊下の奥に何かの気配を感じた。あれは人のものなのだろうか。荒い息遣いみたいなのが微かに聞こえ、周囲を見渡したが俺の周りを囲む男たちの息とも違う。長く吐き出すような音がしているんだ」

気が付いていないのか、男たちは部屋の中を見続けていた。

タツタさんはライトを廊下の奥に向けた。そこにはL字の曲がり角になっていて奥は完全に倒壊し、行き止まりとなっている。

「廊下の角から、何かが覗いていた。人間の顔に近い形をしていたが、ひと目でこの世の存在ではないとわかった……」

廊下の角からタツタさんを見ていた顔には、「眼」がついていたという。口や鼻といったものはない。たくさんの「眼」が見開かれた顔面があった。そのすべての「眼」がタツタさんを凝視していた。

「それを見た瞬間、何も考えないで俺は走り出していた。考えるより早く、体が逃げることを選んだんだ。後ろから男たちの怒声が響いたが、そんなものよりもこの廃屋に居続けるほうが怖かった」

縁側から飛び出して、ワンボックスカーの運転席を奪おうとした。

だが、車にはキーが付いていなかった。

タツタさんは廃屋から飛び出してきた男たちに捕まり、袋叩きにされ、そのまま国道沿いの繁みに捨てられた。

タツタさんは痛みで震える体を何とか立ち上がらせ、通りかかったタクシーを拾って病院に行った。

「顔は腫れあがり、歯もいくつか無くなっていたが、ギザの奴と比べればまだマシな痛めつけられ方さ。ギザはあいつらをよっぽど怒らせたのだろう。俺は協力したから、捨てられる間際にタクシー代と治療費だと言って十万円渡してもらえた」

男たちは次に見かけたら死んでもらうから、と言い残した。

タツタさんは二週間ほど入院し、医者の許可を得るとすぐに隣の県に引っ越した。

街を去ることには何の感情も抱かなかった。ただ、気がかりなことは残っていた。

ひとつはギザの行方だ。引っ越しの間に仲間と連絡を取って尋ねたが、誰もギザの情報を持ってはいなかった。やはり殺されたのだろうか。今となっては確かめようもない。

「もうひとつは廃屋で見た、眼だけの顔、あれは一体なんだったのかということ。それもまた、あの時点では確かめることができなかったから、すべてを忘れようと」

タツタさんはそれまでの世界から足を洗い、やがて現在の奥さんと出会い結婚した。婿養子として奥さんの実家家業である農園で、真面目に働いていた。


時は流れ、キノコの件から三年の月日が経っていた。

タツタさんは新聞を読んでいると、気になる記事を見つけた。

記事には見たことのある建物の写真と、二人の男の顔写真が並んでいた。見出しには『山林の廃墟で遺体発見』とあり、タツタさんは息を飲んだ。

「キノコの生えていた廃屋で、俺を拉致《らち》した男の一人が刺し殺されていたんだ。その隣に載っている顔写真はギザのものだった。あいつは男を殺した後に警察に出頭したらしい」

事件はそれだけでは終わらなかった。ギザは取り調べで、廃屋の壁に人が埋まっていると供述したという。警察が調査すると、キノコが生えていた部屋の壁から五人分の人骨が発見された。その中には子供の頭蓋骨もあり、死因と骨の素性を調査していると新聞には載っていた。

「あのキノコは一体何だったのか、そして俺が見た黒い顔は……」

そこまで言うと、タツタさんは煙草を吸い、ゆっくりと息を吐き出した。
それ以来、タツタさんはキノコが嫌いになったという。

怪談実話競作集 怨呪

2015年8月5日　初版第1刷発行

著者　真白 圭　渋川紀秀　葛西俊和
デザイン　橋元浩明(sowhat.Inc.)
発行人　後藤明信
発行所　株式会社 竹書房
〒102-0072 東京都千代田区飯田橋2-7-3
電話03(3264)1576(代表)
電話03(3234)6208(編集)
http://www.takeshobo.co.jp
振替00170-2-179210
印刷所　図書印刷株式会社

定価はカバーに表示しています。
落丁・乱丁本は当社にてお取り替えいたします。

ISBN978-4-8019-0389-0 C0176